Das Buch

Ein heißer Juni auf Teneriffa, hoch oben im Norden der Insel zwischen den Vulkanen, weitab von den Touristen. Zwei junge Mädchen, beste Freundinnen, versuchen die Langeweile zu bekämpfen. Sie wollen dünn bleiben, indem sie Süßigkeiten erbrechen; sie träumen von glänzenden BMWs, die sie an den Strand bringen, wo sie endlich das Meer genießen könnten, genau wie die Touristen, deren Ferienhäuser ihre Mütter putzen. Aber als aus dem Juni der Juli wird und der Juli in den August übergeht, verwandelt sich die schwelende Liebe der Erzählerin zu ihrer Freundin Isora in ein schmerzhaftes sexuelles Erwachen. Sie versucht, mit Isora Schritt zu halten, muss aber einsehen, dass das Erwachsenwerden ein Weg ist, den man allein gehen muss.

Die Autorin

Andrea Abreu, 1995 auf Teneriffa geboren, studierte Journalismus und jobbte als Kellnerin und als Angestellte bei einer renommierten Dessousmarke. Vor der Veröffentlichung ihres bahnbrechenden Debüts »So forsch, so furchtlos« veröffentlichte Abreu ein Fanzine über Endometriose und mehrere Gedichtbände. 2021 wurde sie vom Granta Magazine zu einer der besten jungen spanischsprachigen Romanautor*innen gekürt.

Die Übersetzerin

Christiane Quandt ist Diplom-Übersetzerin und Lateinamerikanistin und hat Texte von Guadalupe Nettel, Roberto Bolaño, Ricardo Lísias und Magela Baudoin übersetzt. Zusammen mit Julio Prieto ist sie Herausgeberin des Essaybandes »Gedichte voll von Welt – Essays und Gespräche zur spanischsprachigen Poesie der Gegenwart«. Sie lebt und arbeitet in Berlin.

ANDREA ABREU

SO FORSCH, SO FURCHTLOS

ROMAN

Aus dem Spanischen von
Christiane Quandt

Kiepenheuer & Witsch

Die Übersetzung wurde gefördert von Acción Cultural Española, AC/E.

Die Arbeit der Übersetzerin am vorliegenden Text wurde im
Rahmen des Programms »NEUSTART KULTUR« aus Mitteln der
Beauftragten der Bundesregierung für Kultur und Medien vom
Deutschen Übersetzerfonds gefördert.

2. Auflage 2024
Titel der Originalausgabe Panza de burro
Andrea Abreu
Aus dem Spanischen von Christiane Quandt
© 2022, 2024, Verlag Kiepenheuer & Witsch, Köln
Alle Rechte vorbehalten
Die Nutzung unserer Werke für Text- und Data-Mining
im Sinne von § 44b UrhG behalten wir uns explizit vor.
Covergestaltung Barbara Thoben, Köln
Covermotiv © Alessandra Sanguinetti/Magnum Photos/Agentur Focus
Gesetzt aus der Joanna und Trade Gothic
Satz Buch-Werkstatt GmbH, Bad Aibling
Druck und Bindung CPI books GmbH, Leck
ISBN 978-3-462-00658-2

Für Lucía Díaz López, die Schwester,
die ich mir immer gewünscht habe.

SO FORSCH, SO FURCHTLOS

Wie eine Katze. Isora kotzte wie eine Katze. Uckuckuck, und die Kotze platschte ins Klo, um vom unermesslichen Untergrund der Insel aufgenommen zu werden. Das machte sie zwei-, drei-, viermal in der Woche. Sie sagte, hier tut es mir total weh, und zeigte auf die Mitte ihres Oberbauchs, da, wo der Magen ist, mit ihrem dicken, braun gebrannten Finger mit dem ausgefransten Fingernagel, der aussah, als hätte ihn eine Ziege bearbeitet, und kotzte, wie andere sich die Zähne putzen. Sie zog die Spülung, klappte den Klodeckel zu, trocknete sich mit dem Ärmel ihres fast immer weißen Pullovers mit dem Wassermelonenaufdruck die Lippen und machte weiter. Sie machte immer weiter.

Früher hatte sie das nie gemacht, wenn ich dabei war. Ich erinnere mich noch an den Tag, als ich sie zum ersten Mal kotzen sah. Wir hatten unser Ab-

7

schlussfest an der Schule und es gab jede Menge Essen. Wir stellten es morgens auf die zusammengeschobenen Schultische, auf denen bunte Kindergeburtstags-Papiertischtücher lagen. Es gab Munchitos, scharfe Risketos, Erdnussflips, Conguitos, Cubanitos, Sandwiches, Zitronen-Donuts, Meringen, Fanta, Clipper, Seven-up, Ananassaft, Apfelsaft. Isora und ich spielten besoffen und torkelten Arm in Arm durch das Klassenzimmer wie zwei Ehemänner, die ihre Frauen betrogen hatten und es jetzt bereuten.

Die Feier war vorbei und wir kamen in den Speisesaal und da gab es noch mehr Essen. Die Köchinnen machten uns Kartoffeln mit Rippchen, Ananas und Soße, Isoras Lieblingsessen. Und als wir mit dem Metalltablett, mit unserem Brot und dem Glas Wasser (von dem wir vermuteten, dass es aus dem Wasserhahn kam, obwohl man das auf der Insel eigentlich nicht trinken durfte), unserem Besteck und den Joghurts an die Reihe kamen, fragten uns die Herrinnen des Speisesaals, rote oder grüne Soße, und Isora sagte, rote Soße, und ich dachte, so mutig, rote Soße, hat sie denn keine Angst, dass es scharf wird, hat sie keine Angst, Erwachsenensachen zu essen, und ich wollte sein wie sie, so forsch, so furchtlos.

Wir setzten uns an den Tisch und fingen an zu essen, und zwar in der gleichen Geschwindigkeit, mit der sich die Jungs aus San Andrés mit ihren Seifenkisten die steilen Straßen hinunterstürzten. Es gab kein Halten mehr. Die rote Soße lief uns übers Kinn, die Zöpfe hingen uns in die Teller und troffen vor Fett, die Zähne waren voller Mais- und Oreganoreste, Weiße-Tauben-Kacke, wie Isora das Essen zwischen den Zähnen nannte. Und wie wir so fraßen, überkam mich eine Traurigkeit wie ein Donnerschlag, ein Schmerz in der Magengrube, mein Mund war trocken, wie wenn ich Milchpulver mit Gofio und Zucker gegessen hatte. Den Sommer über würden wir nicht mehr aus unserem Viertel rauskommen, der Strand war weit weg. Wir waren nicht wie die anderen Mädchen, die im Zentrum der Ortschaft lebten, wir wohnten ganz oben im Nirgendwo.

Isora stand auf und sagte, Shit, komm mit aufs Klo.

Und ich stand auf und folgte ihr.

Ich wäre ihr aufs Klo oder an den Krater des Vulkans gefolgt, hätte mich mit ihr drübergebeugt, bis wir das schlafende Feuer sehen würden, bis wir das schlafende Vulkanfeuer innen im Körper spürten.

Und ich folgte ihr, aber wir gingen nicht auf das Klo im Speisesaal, sondern in den ersten Stock, wo niemand war, wo es hieß, dort lebte das Gespenst eines Mädchens, das die Kackwürste der Mädchen auffraß, die ihre Hausaufgaben abschrieben.

Ich machte schnell Pipi, damit Isora gehen konnte. Sie pinkelte, und nachdem sie sich die Hose hochgezogen hatte, nachdem ich ihre Mimi gesehen hatte, die struppig war wie ein Gebüsch an einem Berghang, beugte sie sich über die weiße Schüssel und steckte sich Zeige- und Mittelfinger ausgestreckt in den Mund. So was hatte ich noch nie gesehen. Eigentlich sah ich es auch damals nicht. Ich drehte mich zum Spiegel. Hörte sie husten wie ein kleines unterernährtes Tier, sah meine großen Augen, zwei Fäuste gespiegelt im Glas. Mein erschrockenes Gesicht, eine Angst, die mir von innen in die Haut zwickte, Isora verbrannte sich den Schlund, und ich stand daneben und tat nichts.

Ich hörte sie kotzen.

In meinem Kopf stellte ich mir ihre Kette mit der Heiligen Jungfrau von Candelaria vor, wie sie ihr am Hals hing, knapp über dem Klowasser, das nachher alles wegspülen würde, was sie erbrochen hatte.

NUR EIN WINZIGES FITZELCHEN

Doña Carmen, machen Sie Maggi-Suppe, die aus der Packung?, fragte Isora die alte Frau. Nein, meine Kleine, warum? Meine Oma sagt, die Maggi-Suppe ist für Nutten. Ah, meine Kleine, ich weiß ja nicht. Ich mach meine Suppe aus meinen Hühnern, die ich hier halte. Doña Carmen war seltsam im Kopf, aber grundgut. Fast alle verachteten sie, weil, wie meine Oma sagte, sie mit Vorsicht zu genießen war. Doña Carmen vergaß fast alles, lief stundenlang durch die Gegend und murmelte dabei Gebete, die niemand kannte, sie hatte einen Hund, bei dem die unteren Zähne abstanden, die standen ab wie bei einem Kamel. Du blöder Hund, blöder Hund du, geh weg, soll dich doch der Teufel holen, sagte sie zu ihm. Manchmal legte sie ihm zärtlich die Hand auf den Kopf, manchmal schrie sie ihn an, weg da, du blöder Hund, weg da, du Teufelsvieh. Doña Carmen vergaß fast alles, aber sie war eine großzügige Frau. Sie mochte es, wenn Isora sie besuchte. Sie lebte unterhalb der Kirche, in einem Häuschen aus weiß bemalten Steinen mit einer grün lackierten Tür und alten Ziegeln voller Moos und Eidechsen und alten Schuhsolen aus Caracas, Venezuela, und Affenpalmen so groß wie kleine Bäume. Doña Carmen vergaß alles, außer das Kartoffelschälen, das konnte sie, sie schälte kreisförmig, nahm die Kartoffeln hochkant und löste mit einem Messer mit Holzgriff die Schale ab wie eine riesenlange Kette. Doña Carmen machte Pommes mit Ei als Zwischenmahlzeit. Isora brachte ihr Kartoffeln und Eier aus dem Laden ihrer Großmutter und sie hob etwas davon auf für Isoras frühes Abendessen. Sie hob etwas davon für Isora auf, und wenn ich dabei war, bekam ich auch was. Ich bekam auch was, aber Doña Carmen hatte mich nicht so gern wie Isora, das wusste ich ganz genau. Isora konnte mit alten Leuten reden. Ich hörte ihnen bloß zu. Wollt ihr ein Schlückchen Kaffee, meine Lieben? Ich darf keinen Kaffee trinken, sagte ich. Ich schon, ein kleines Schlückchen, sagte Isora. Nur ein winziges Fitzelchen. Sie nahm immer ein winziges Fitzelchen. Sie probierte alles. Einmal aß sie was von dem Hundefutter aus dem Laden, um herauszufinden, wie sich das anfühlte. Sie probierte alles; wenn nötig, kotzte sie es danach wieder aus.

Ich hatte Angst, meine Eltern würden den Kaffee aus meinem Mund riechen und mir Hausarrest verpassen, aber Isora hatte nie Angst. Sie hatte keine Angst, obwohl ihre Großmutter ihr öfter mit einer Tracht Prügel drohte. Sie fand, man lebte nur einmal und man musste immer ein winziges Fitzelchen probieren, wenn es ging. Und ein winziges Schlückchen Anislikör? Nur ein winziges Schlückchen. Ein winziges Fitzelchen, sagte sie.

Isora trank den letzten Rest Kaffee, der noch in Doña Carmens Tasse war, und streckte gleich den Arm aus, um nach dem Gläschen zu greifen, in das die alte Dame Anislikör, Marke Del Mono, eingeschenkt hatte. Isora rülpste, rülpste vielleicht fünfmal nacheinander. Und dann gähnte sie. Und in dem Moment fasste Doña Carmen sie am Kinn und schaute ihr in die Augen, ihre grünen Augen, grün wie grüne Trauben. Sie stocherte in diesen feuchten Augen wie jemand, der mit dem Pickel Grubenwasser ablässt. Die Alte erschrak: Meine Kleine, weißt du, ob jemand neidisch auf dich ist? Isora saß bewegungslos da. Wieso, Doña Carmen? Was ist los? Mädchen, ich sehe bei dir den bösen Blick. Geh um Himmels willen zu Doña Eufracia, die soll dich segnen. Sag es deiner Großmutter, die kennt sich mit diesen Sachen aus, die soll dich hinbringen, damit Eufracia für dich betet.

Als wir aus der Tür gingen, lief die Fünf-Uhr-Telenovela. Um diese Tageszeit legte sich immer eine riesige Wolkendecke über die Häuserdächer des Viertels. Jetzt lief *Die Frau im Spiegel*, nicht mehr *Die Leidenschaft von Gavilanes*. Die Hauptdarstellerin war dieselbe wie Gimena in *Die Leidenschaft*, aber Isora und ich fanden sie nicht so gut. Es war Juni, die bunten Festtagsgirlanden aus Papier waren noch nicht im Ort aufgehängt worden, und es würde noch dauern, bis es so weit wäre. Vom Fenster im Eingang zu Doña Carmens Haus konnte man das Meer und den Himmel sehen. Das Meer und der Himmel sahen aus wie eins, die gleiche schwere graue Masse wie immer. Es war Juni, aber es hätte auch jeder andere Monat im Jahr sein können, in jedem anderen Teil der Welt. Es hätte ein abgelegenes Bergdorf in Nordengland sein können, ein Ort, wo man fast nie den offenen himmelblauen Himmel sah, ein Ort, wo es die Sonne nur als ferne Erinnerung gab. Es war Juni und das Schuljahr war erst seit einem Tag vorbei, aber ich spürte schon diese unendliche Erschöpfung, die Traurigkeit der tief hängenden Wolken über unseren Köpfen. Es fühlte sich nicht an wie Sommer. Mein Vater arbeitete auf dem Bau und meine Mutter putzte Hotelzimmer. Sie arbeiteten im Süden der Insel und meine Mutter putzte auch manchmal die Landhäuser in unserem Viertel, direkt neben unserem Haus in El Paso del Burro. Sie mussten beide früh raus und kamen spät heim. Isora und ich waren in unserem Viertel eingesperrt, wir kamen nicht über eine Handvoll Häuser, ein Kiefernwäldchen und die kieferngesäumten Straßen im oberen Teil der Ortschaft hinaus. Es war Juni und ich spürte die Traurigkeit. Und jetzt auch die Angst.

Als wir aus Doña Carmens Tür kamen, hatte ich einen fetten Wurmkloß im Hals. Dieser schwarze Wurm flüsterte, du warst schon mal neidisch auf Isora. Ich mochte die Farbe ihrer Haare und ihrer Arme. Mir gefiel ihre Schrift. Sie machte ihr G mit einem riesigen Schweif, der unlesbar machte, was in der Zeile drunter stand. Mir gefielen ihre Augen und noch so viele andere Sachen. Ich beneidete sie dafür, wie sie mit Erwachsenen reden konnte. Sie war in der Lage, Unterhaltungen zu unterbrechen und zu sagen, nein, Moreiva ist die Tochter von Gloria, die in der Kurve wohnt, nicht die andere Gloria. Ich beneidete sie um ihre runden Brüste, weich wie gezuckerte Geleestücke, obwohl ihr die nicht schmeckten. Und weil sie schon ihre Tage hatte und Haare auf der Mimi. Isora hatte eine Menge dicke schwarze Stachelhaare, wie der Kunstrasen in den Landhäusern. Ich beneidete sie um das Modul mit den Gameboy-Spielen drauf, das ein Cousin zweiten Grades für sie gerippt hatte, der war Informatiker und lebte in Santa Cruz. Ich beneidete sie darum, weil auf dem Modul das Hamtaro-Spiel drauf war, und ich liebte Hamtaro.

Isora hatte keine Mutter. Sie lebte bei ihrer Tante Chuchi und ihrer Großmutter Chela, der der Einkaufsladen des Viertels gehörte. Darum, dass sie keine Mutter hatte, beneidete ich sie nicht. Darum, dass sie keine Mutter hatte und sich ihre Tante und ihre Oma um sie kümmerten, beneidete ich sie echt nicht. Angst hatte ich damals davor, dass ihr jemand sagen würde, ich hätte ihr den bösen Blick angehängt. Chela, Isoras Großmutter, glaubte an solche Sachen. Wenn sie merkte, dass ich das ihrer Enkelin angetan hatte, würde sie mir den Kopf abreißen. Isoras Großmutter war eine dicke Frau mit Schnurrbart. Dick und schnurrbärtig und streitlustig. In Wirklichkeit hieß sie Graciela, aber alle sagten Chela vom Laden zu ihr. Sie war sehr gläubig und sehr biestig. Und weil sie so gläubig war, wurde sie auch Chela die Heilige genannt. Chela die Heilige, weil sie ihre wenige Freizeit mit Beten und im Gespräch mit dem Priester verbrachte und damit, die Kirche mit Bogenhanf und anderen Sträuchern zu dekorieren, die sie bei sich ums Haus schnitt, und mit Zephirblumen, deren Blüten wie weißer Watteregen vom Himmel fielen. Andererseits gefiel es der Großmutter von Isora, allen Mädchen die Sache mit dem Fett zu erklären. Oder vielmehr die Sache mit dem Schlanksein. Um schlank zu sein, müsst ihr kleinere Portionen essen, sagte sie, um schlank zu sein, müsst ihr weniger Pommes essen, eine Pommes ist wie zwei Salzkartoffeln, ihr dummen Gören müsst zuerst mal aufhören, so viele Süßigkeiten zu fressen, dieser Kleinen hier geb ich erst mal eins mit der Gerte, damit sie aufhört, Scheißdreck in sich reinzustopfen, ich hab das Mädel auf Diät gesetzt, weil sie schon ganz fett wird, und wenn ich sie lasse, geht sie ganz auseinander und frisst die ganze Zeit Gummitiere und wird dick wie ein Nilpferd, schlingschling, und dann die Scheißerei, die kommt ja drei Tage nicht vom Klo runter, stinkt wie ein Wiedehopf und schlingschling, und dann kotzt sie wieder, die Sau, und scheißt und frisst und scheißt und kotzt und sie schmeißt Fortran wie Gummibärchen und frisst und scheißt und scheißt und scheißt und kotzt, die dreckige Drecksau, und wenn sie sich wieder vollstopft, dass ihr nicht mal mehr ein Strohhalm durch den Arsch passt, dann schmeißt sie wieder Pillen ein, damit sie scheißen kann. Die wird mir noch krank, krank wird die mir noch vor lauter Fresserei, das Mädel, dieser elende kleine Teufel.

Isora hasste ihre Großmutter mit aller Kraft. In der Schule hatte sie gelernt, dass Bitch Schlampe heißt, und seitdem antwortete sie, wenn die Großmutter ihr sagte, bring Doña Carmen die Kartoffeln und die Eier, kassier hier mal ab, hol dem Mädchen doch mal zwei Packungen Hähnchenkeulen, vier Brote, zweihundert Gramm Käse, zweihundertfünfzig Gramm Ziegenkäse, tu dem Mädel noch ein Stück Guavengelee dazu, einen Sack Kartoffeln, hol ein paar Garnelen aus dem Keller, kassier mal den Ausländer ab, du kannst doch Englisch, ich sprech ja nur die Christensprache, okay, Bitch, ich geh schon, Bitch, in Ordnung, Bitch, was immer du willst, Bitch, danke, Bitch, noch was, Bitch? Und die Großmutter sah sie misstrauisch an, aber Isora behauptete steif und fest, Bitch hieße Oma auf Englisch.

Im Laden arbeitete auch Chuchi. Chuchi, Isoras Tante, war Chelas zweite Tochter. Chuchi wurde von allen Chuchi genannt, aber niemand wusste, wie sie wirklich hieß. Chuchi hatte grüne Augen wie Isora, aber ihre hatten Flecken in der Farbe von auf weißem Grund verschüttetem Kaffee. Wie Kaffeereste auf dem Boden einer Tasse. Chuchi war groß und schlank, hatte lange Arme und Beine, war hager, vertrocknet. Sie hatte keine Ähnlichkeit mit Isora, außer den Augen. Niemand hatte sie je mit einem Mann gesehen und sie hatte keine Kinder. Chuchi war auch andauernd in der Kirche, aber sie träumte nicht wie ihre Mutter davon, eine Heilige zu sein, sondern davon, Verkäuferin zu sein. Eine Zeit lang hatte sie den Nachbarinnen im Dorf Schminke und Cremes fürs Gesicht und Seife fürs Haar und Seife für den Körper verkauft. Sie ging im Sekretärinnendress von Haus zu Haus, grünes Jackett, grün wie ihre Augen, grüner Rock, grün wie die Augen von Isora, braune Stiefel mit quadratischem Absatz, eine Mappe mit den Katalogen von Avon unterm Arm, in denen die Produkte aufgeführt waren. Ihre Mutter sagte zu den Leuten, ihre Tochter ginge vor die Hunde, weil sie den ganzen Tag auf der Straße herumlief wie die Nutten.

Wir gingen die Hauptstraße hoch, bis wir vor dem Laden standen. Isora hielt nicht an, um ihrer Großmutter Bescheid zu sagen. Wo geht ihr denn hin? Gehört ihr nicht ins Haus?, rief uns Chela von der Theke aus zu, um die sich die Leute drängten. Ihr lungert ja nur wieder sonst wo rum! Isora ging weiter bergauf, als wär nichts. Ich lief hinter ihr und schaute zu Chela und Chuchi. Chuchi schnitt mit gesenktem Kopf Wurstwaren und lauschte Chelas Gebeten, als hätte sie ein Gewicht im Nacken, ein Monster, das schwer auf ihren Halswirbeln saß, die niederdrückende Anwesenheit ihrer Mutter. Lass uns zu Eufracia gehen, die soll für mich beten, die Bitch muss es ja nicht mitkriegen, sagte Isora. Und wieder der schwarze Wurmkloß. Ich wusste eigentlich wenig über den bösen Blick. Ich wusste, dass Babys, wenn sie noch rot waren und glatzköpfig und hässlich und zahnlos und den Schädel voller Schorf hatten, ein rotes Band an den Kinderwagen gebunden bekamen, weil die Mütter und Großmütter Angst hatten. Angst, sagte meine Oma, vor dem bösen Blick. Wenn die Leute den Babys zu lang in die Augen schauten oder ihnen zu viele nette Sachen sagten, was für ein süßes Kind, Gott schütze es, Gott schütze es, wie alt ist es denn, so ein süßes Kerlchen, dann wurden die Mütter und die Großmütter steifer als der Arm von einem Toten. Wenn Oma ein Neugeborenes sah, bekreuzigte sie es zuallererst und wiederholte, Gott schütze und segne dich auch, von den Füßen bis zum Bauch. Von den Füßen bis zum Bauch und drüber nicht, oder wie, dachte ich. Damals glaubte ich, dass man diesen Teil des Körpers mit dem bösen Blick belegte, den Teil mit Mimi und Po und den Haaren an den Beinen, von denen ich wollte, dass meine Mutter sie mir rasierte, das tat sie aber nie. Isora und ich machten viele Sachen an diesem Teil des Körpers, von den Füßen bis zum Bauch. Besonders an dem Teil mit der Mimi. Vielleicht hatte der böse Blick ja damit zu tun. Aber ich war still und sagte nichts, war still und wir liefen weiter.

ISORA CANDELARIA GONZÁLEZ HERRERA

Als wir zu Eufracias Haus kamen, stellte sich Isora vor die Tür, schaute mich an und sagte, klingel du, und ich klingelte und ging zur Seite und Eufracia kam in einer völlig blutverschmierten Küchenschürze raus. Meine Kleine, mich hat Carmitas schon angerufen. Kommt rein, ich hab grade das Kaninchen zerlegt fürs Abendessen, setz dich, Mädchen, sagte sie zu Isora und schob sie auf einen Plastikstuhl im Innenhof, mitten zwischen den grünen, buschigen Farnpflanzen, grün und riesig wie auf dem Monte del Agua. Während Isora es sich bequem machte, griff ich mir einen Stuhl und setzte mich in eine Ecke, weil ich ja nicht die Hauptperson war. Isora war die mit dem bösen Blick, nur sie hatte solche Sachen, bei mir passierte nie irgendwas, meine Oma sagte zwar immer, ich hätte einen verkorksten Magen, aber niemand brachte mich jemals irgendwohin, um mich zu segnen.

Eufracia bekreuzigte sich, und ich wusste nicht, was ich machen sollte, und bekreuzigte mich auch, aber ganz klein, wie wenn man jemandem winken will, der nicht zurückwinkt, und man sich dann verlegen die Wange kratzt. Sie bekreuzigte Isora und fing an, zu Isora zu sprechen, Christus hat am Kreuz gelitten, ist am Kreuz gestorben, ich segne dich, und Isora schaute sie mit aufgerissenen Augen an wie ein Barsch und die Frau bewegte ihre Lippen und rubbelte sich die faltigen Finger, wie trockene Weinreben, krumm und rissig geworden von vielen Jahren Bleiche und Erde. Mein Herr Jesus Christus, du bist durch die Welt gegangen, hast viele Wunder vollbracht, hast die Armen geheilt, hast Maria Magdalena vergeben, am heiligen Baum des Kreuzes, und die Augen der Frau wurden weißer als Papier, sie rieb sich immer schneller und heftiger die Hände, und ich schaute Isora an, schaute mir ihren ruhigen, aufmerksamen Gesichtsausdruck an, mit der Kette der Jungfrau von Candelaria im Mund, voll Freude, dass sie jetzt geheilt wurde. Und ich dachte, sie wird sterben, sie wird sterben, Luzifer wird sie töten, wenn er durch Eufracias Augen rauskommt. Und die heilige Anna hat Maria geboren, die heilige Isabel hat Johannes geboren, Johannes wurde im Jordan getauft, und er fragte den Herrn: Herr, ich wurde durch deine gesegneten Hände getauft, und sie rubbelte die Hände aneinander und ihre Beine fingen an zu zittern und die Augenlider zitterten wie bei einem Hund, der im Traum Katzen jagt, geboren wie diese Worte, ihre Augen kullerten in den Augenhöhlen herum und tränten, dies sind wahre Worte, die Haare wurden strähnig, wahrhaftige Worte, und sie fing an, Spucke zu schlucken, befreie sie vom Feuer, von der Luft, und sie rülpste, von schlechter Luft, und sie rülpste, und vom bösen Blick, und sie rülpste, der auf ihrem Kopf liegt, auf ihrem Magen, und sie rülpste und spuckte auf den Boden des Innenhofs, und auf ihrer Kehle und auf ihren Augen, und sie spuckte, auf ihrem Rücken und ihren Gelenken, befreie sie davon und schicke das Böse auf den Meeresgrund, und sie spuckte in die Luft und es traf mich im Gesicht, wo es weder mir noch einem anderen Wesen schadet, und sie kotzte ein kleines Fitzelchen Suppe vom Mittag und bekam Schaum vor dem Mund, Schaum wie bei tollwütigen Hunden, wie Oma immer sagte, sie hatte Schaum vorm Mund wie ein Hund, wenn der jemanden biss, musste er eingeschläfert werden, und Isora beobachtete sie, biss auf ihrer Kette herum, deswegen bekam sie immer Halsschmerzen, weil sie immer an der Kette saugte, nuckelnuckel, die hatte sie kurz nach der Geburt von ihrer Mutter bekommen, und ihre Großmutter musste die Kette über hundertmal im Dorf unten umtauschen lassen, weil

Isoras Hals immer dicker wurde und die Kette enger und enger, und die Großmutter sagte, wenn die Kette zu kurz wird, wird sie ersticken, aber Isora gefiel die enge Kette um den Hals, weil das sexy war. Isora trug die Kette mit der Jungfrau von Candelaria, weil das ihre liebste Jungfrau war, wie wenn man einen liebsten Pokémon hat, eine liebste Bratz Doll und eine Kette mit einem winzigen Glumanda um den Hals trug, nur dass für sie die Kette noch wichtiger war als für mich mein Pokémon, weil ihre Mutter sie ihr geschenkt hatte, sie hatte ihre Mutter sehr lieb, weil sie fast gar keine Zeit mit ihr hatte verbringen können, sie verehrte sie so sehr, weil sie keine Gelegenheit gehabt hatte, ihr den Kopf abzureißen wie die Großmutter, und vor allem, weil ihre Mutter auch *La Morenita* genannt worden war und weil sie selbst Isora Candelaria hieß, Isora Candelaria González Herrera.

Da sagte Isora, Eufracia, Eufracia erstickt! Und die Frau schaute auf, den Mund voller Sabber wie eine Irre, der ganze Innenhof vollgespuckt, das Gesicht voller Sabberspuren, und sagte zu ihr, und wenn dir das nicht genügt, möge dir Gottes Gnade genügen, denn sie ist groß,

amen!

Jesus!

Und Eufracia fing an, das Glaubensbekenntnis zu beten, und ich fing auch an zu beten. Und ich wurde nervös, weil mir niemand das Beten beigebracht hatte. Deswegen bewegte ich einfach nur die Lippen, bisebisebisebise, bis Isora sagte, ich bin geheilt, Sis, Shit, komm, wir gehen zum Laden.

Wir gingen durch Eufracias Tür und draußen saß Gaspacho und putzte sich den Schniedel. Er sah uns und bellte, ah-wuwuwuwu, ein Bellen, als versuchte jemand, unter Wasser zu schreien. Wir gingen los und der Hund folgte uns mindestens die halbe Strecke, bis zu Melvas Haus, da, wo das große Wasserbecken war, in dem meine Mutter und mein Onkel und Isoras Mutter und Isoras Tante schwimmen gelernt hatten, meine Mutter hatte erzählt, dass Opa sie mit einem Seil um die Hüfte festband und reinwarf, und man lernte es eben, weil man musste, so lernt man nämlich am besten, aber Opa war weggegangen, um mit einer anderen Frau zusammenzuleben, und man sprach nicht mehr von ihm, genauso wenig wie von dem Wasserbecken oder vom Schwimmenlernen, und deswegen brachte es uns niemand bei. Der Hund folgte uns weiter und wir riefen ihm zu, Gaspa, geh wieder hoch, sssscht, und Eulalia kam aus dem Haus und sagte, ab-mit-dir, Gaspacho-Drecksvieh, geh nach Hause, verflucht noch mal! Und der Hund legte sich mitten auf die Straße und blieb liegen und wir gingen weiter bergab.

WIE HODEN UNTERM PIMMEL

Marineblau, rosa, gelb, knallgelb, feuergelb, spiegeleigelb, rot. So sahen die Häuser des Viertels aus, bunt
wie das Brett beim Mensch ärgere Dich nicht. Bunt
und halb angefangen, halb fertig, keins voll ausgebaut,
es waren Häuser wie unfertige Monster. Fast alle
hatten ungetünchte Stellen, wo man die Steine sah,
Steine mit moosigen und feuchten Stellen. Fast alle
von denen gebaut, die drin wohnten. Stein für Stein,
Block für Block. Fast alle illegal. Fast alle nach Fami-
lien sortiert: die Abgebrannten, die Boxer, die Eier-
leute, die Casianos, die Pferdeleute, die Chinos, die
Schwarzarbeiter, die Schwarzen. Wie Vögelchen, die
ihre Nester eins neben dem anderen bauen, eins über
dem anderen, um sich gegenseitig zu schützen.

Und alles abschüssig. Eine vertikale Siedlung auf
einem vertikalen Berg, bedeckt von tief hängenden

Wolken, durchzogen von einer sehr großen horizontalen Höhle, die vom Gipfel bis zum Meer reichte, wie der Mantel der Jungfrau von Candelaria, der schönsten Jungfrau mit der dunklen Haut. So vertikal, dass es manchmal schien, als würden die metallic lackierten BMWs mit voll aufgedrehter Musik nach hinten umkippen. Und sie würden die Flügel ausklappen und uns fliegend bis an den Strand von San Marcos bringen. Aber das passierte nie. Und sie zogen die Handbremse an und legten den ersten Gang ein und fuhren an, dass die Reifen quietschten, und sie bekreuzigten sich, sie bekreuzigten sich immer, wenn sie an der Kirche der Heiligen Jungfrau von Rosario vorbeikamen.

Es gab zwei Arten von Häusern im Viertel, und die waren durcheinandergewürfelt. Einige waren alt, wie das von Doña Carmen oder das von meiner Oma. Die waren aus Stein und hatten einen Innenhof in der Mitte, um den herum die Zimmer lagen. Ein mit Eternit überdachter Innenhof, zu dem meine Oma Meternit sagte und von dem man damals hörte, dass er vielleicht krebserregend sein könnte. Ein Innenhof, in den ein sehr helles Licht schien, ein Licht, das Tausende Jahre lang aufbewahrt worden war, das die Kanarienvögel in ihren Käfigen aufscheuchte, die bei Tagesanbruch anfingen zu singen, piepiepiepiepiepiepiepiep, ohne Halten, und erst bei Dunkelheit aufhörten. Und die Farnsträucher und die Bougainvilleen, die durch die kleine Ritze zwischen der Eingangstür und dem Eternitdach hineinwuchsen, wurden auch aufgescheucht. Wenn die Sonne auf sie schien, wuchs das Gestrüpp so schnell, dass es sich über die Wände zu bewegen, über die Wände zu tanzen schien.

Und dann die anderen Häuser, die moderneren. Sie gehörten den jüngeren Leuten, den Leuten, die im Süden arbeiteten, auf dem Bau, oder die in den Hotels putzten, die BMWs in Metallicblau, Metallicrot, Metallicgelb mit am Boden klebenden Riesenspoilern fuhren, die unseren Berg hochfuhren und die halbe Karosserie auf der Straße liegen ließen, weil sie so sehr tiefergelegt waren und die in voller Lautstärke *Pobre diabla* spielten, *Agüita* und *Mentirosa* und *Una ráfaga de amor* und *Felina*, tausendmal und volle Dröhnung. Diese neuen Häuser waren zweistöckig und hatten viele Fenster und Balkone und große Eingangstore im unteren Stock, ganz besonders große Eingänge, riesige Eingänge, noch riesigere Eingänge, da würde ein Lastwagen durchpassen, so groß wie eine Kiefer mit lauter Kiefernzapfen dran, ein Laster voller Bananen und Tomaten und Geschenke, zum Beispiel BABY borns und Krankenschwester-Barbies. Das waren die bunten Häuser, rosa, gelb, knallgelb, spiegeleigelb. Im venezolanischen Stil, sagten sie. Häuser aus Venezuela, keinscheiß.

Die Häuser ganz oben wuchsen aus dem Boden wie Hoden unterm Pimmel, wenn die Erde nass war vom Regen. Sie wuchsen aus dem Boden der ersten Häuser des Viertels, neben den Kiefern am Rockzipfel vom Volkan, Volkan, so sagte Oma dazu, und sie sagte Rockzipfel, als wäre der Vulkan Shakira. Die ersten Häuser des Viertels, von oben gezählt, hatten die Dächer und die Terrassen voller Kiefernzapfen von den Bäumen, und oft wirkte es, als wären die Häuser statt von Menschen von Hexen und Gnomen gebaut worden. Im Rest des Viertels, wo keine Häuser standen, war alles dunkelgrün, das war die Farbe des Bergs. An Tagen, an denen der Himmel wolkenlos war, konnte man den Volkan sehen. Das kam nur ganz selten vor, aber alle wussten, dass hinter den Wolken ein 3718 Meter großer Riese lebte, der uns jederzeit mit Feuer übergießen konnte, wenn er wollte.

Mein Haus war ein Gebirge aus mehreren Häusern, die auf das Haus meiner Urgroßmutter Edita draufgebaut worden waren, ihres war das einzige mit Genehmigung, das einzige mit Hausnummer. Da unser Haus aus vielen Häusern bestand, mussten wir uns zum Kochen und zum Fernsehen absprechen. Wenn zwei gleichzeitig kochten, sprang die Sicherung raus. Wenn mein Vater und meine Mutter und meine Oma und ihr Bruder, Onkel Ovidio, und ich – das waren alle, die in dem Haus wohnten – alle Fernseher gleichzeitig anmachten, war ich mir sicher, das Haus würde explodieren und in die Luft fliegen.

Unterhalb unseres Hauses war das Haus von Juanita Banana und noch weiter unten die Höhle Cueva del Viento, und darunter wohnte eine Deutsche, die mir Springseile schenkte, und darunter stand das Haus von einem Mann, der Gracián hieß und der so dicke Augenbrauen hatte, dass es aussah, als hätte er sich irgendwelche Pelztiere mit Tesafilm ins Gesicht geklebt, und noch weiter unten stand das Haus, wo ein Mädchen drin wohnte, so halb unsere Freundin, die hieß Saray und war zwei Jahre älter als wir und hielt sich für berühmt, weil ihre Eltern unterhalb von Eulalias Haus eine Bar hatten, wo sich die Frauen trafen, um Kartoffeln zu schälen und darüber zu reden, wie fett doch Zuleyma, die Freundin von Antonio, geworden war, und darüber, was in der gestrigen Folge von *Patricias Tagebuch* passiert war, und noch weiter unten war das Haus, wo früher ein Mädchen gewohnt hatte, das auf die Uni in La Laguna gegangen war, und als sie zurückkam, war alles wild, Freunde total wild, Bier trinken voll wild, meine Cousine in Unterwäsche total wild, und meine Mutter fragte, ob die Uni die Leute eigentlich völlig verblödet. Und weiter unten das Haus von Eufracia und noch weiter unten das von einem Cousin x-ten Grades, der viele Weinreben hatte und Orangenhaine und der sagte, er hätte zwei Frauen, seine Sklavin und seine Frau, weil er mit seiner Frau und seiner Schwägerin zusammenlebte, und die Frau war immer tipptopp gestylt und die

Schwägerin schrubbte das Haus und kümmerte sich um das Grundstück. Und weiter unten das Haus von Melva und darunter das Haus von den Schwulen und noch weiter unten das Haus von Conchi und direkt darunter der Laden von Isora und gegenüber das Kulturzentrum und darunter die Bar und weiter unten die Kirche und weiter unten das Haus von Doña Carmen, und noch weiter unten wusste ich nicht, weil Doña Carmens Haus für mich so was wie die Grenze der Welt war.

DA KOMMT EIN REGEN

An Johanni machte meine Oma ein riesiges Feuer. Es war mitten im Gemüsegarten und mehrere Meter hoch. An dem Abend konnte man kaum atmen, weil alle das trockene Gras verbrannten, das sich übers Jahr angesammelt hatte. Zu der Wolkendecke, die normalerweise über dem Viertel hing, kam noch der Rauch dazu, und alles war voll mit dieser schweren weißen Masse, die sich einem auf die Haut klebte. Vom Himmel regnete es Papierschnipsel und Fetzen von Autoreifen. Oma, Onkel Ovidio, mein Vater und meine Mutter waren dabei. Von Omas Terrasse aus konnte man überall im Viertel die Feuerstellen sehen. Die Schwalben flogen schon den ganzen Nachmittag aufgeregt kreischend herum, während Oma und Papa die Reste, die von den Bauprojekten übrig waren, die wir übers Jahr angefangen hatten, und das ganze Gras, das sie ausgerupft hatten, ins Feuer warfen. Da kommt ein Regen, sagte Onkel Ovidio immer wieder und schaute den Schnipseln zu, wie sie unkontrolliert herumflogen, da kommt ein Regen.

In der Mitte des Scheiterhaufens war eine Puppe mit aufgemalten Augen und einer Mütze vom Eisenwarenladen Los Dos Caminos. Papa hatte einem alten Besenstiel Klamotten von Opa angezogen: ein blauweiß gestreiftes Hemd mit großer Tasche, das ihm zu eng gewesen war und wo, das wusste ich noch, sein Bauch rausgeguckt hatte, rund und groß wie beim Michelin-Männchen, und eine schwarze Anzughose, die auch ihm gehörte. Als ich sah, welche Klamotten sie ausgesucht hatten, bekam ich Angst, Angst, was wäre, wenn Opa eines Tages seine deutsche Frau verlassen und zu Oma zurückkommen würde und ihm einfallen würde, seine Klamotten zu suchen.

Als die Puppe nur noch Asche war, kamen die ersten Tropfen. Sommerregen machte mir große Angst. Anfangs nahm man ihn nicht ernst, dann kamen reißende Ströme die Straße runter und in den Schlaglöchern bildeten sich riesige Pfützen. Oma hatte Kartoffeln auf dem Herd. Wir rannten aus dem Garten, als der Regen die letzten Flammen löschte. Beim Rennen wusste ich plötzlich, dass, obwohl Isora und ich einander versprochen hatten, alles zu tun, damit uns diesen Sommer jemand zum Strand brachte, das nicht passieren würde. Dieses Jahr arbeiteten alle viel.

Mein Vater sagte, das Geld liegt auf der Straße, man muss es nur aufheben, und deswegen fuhr er sogar sonntags in den Süden. Wir gingen zu Oma. Es gab gegrillte Ananas mit Koriandersoße. Wir aßen die King-Edward-Kartoffeln, die sie Anfang Juni geerntet hatten, als ich noch in der Schule saß. Ich musste nicht ernten helfen, weil ich an dem Sonntag mit Isora etwas aus Pappe basteln sollte. Kartoffeln ernten, das machte ich gar nicht gern. Man musste früh aufstehen, alte Turnschuhe und alte Klamotten anziehen. Den ganzen Vormittag hockten Oma und ich und Mama, wenn sie keine Landhäuser putzte, zusammengekauert da und klaubten die Kartoffeln, die Papa und mein Onkel vor uns ausgruben. Oma und ich mussten sie beim Klauben nach Größe sortiert in Eimer legen. Papa sagte, ich hätte totes Blut, totes Blut, weil man mit mir mehr Geduld haben musste als mit einem Minister. Bei den Kartoffeln tat mir immer der Rücken weh und meine Nasenpopel wurden schwarz und sahen aus wie schwarzer Weizen. Das Einzige, was half, war, die Popel aus der Nase zu holen und aus ihnen Kügelchen zu rollen, allein zu sein mit meinen schwarzen Popeln, weit weg von den Kartoffeln und den Eimern.

Als wir fertig waren mit Essen, ging ich an Omas Küchenschrank und holte die Schokoladentafel von La Candelaria raus. Ich brach mit den Fingern eine Rippe ab und raspelte mit den Zähnen an der Schokolade wie ein trauriges Mäuschen. Ich dachte an Isora, ob sie wohl auch gegrillte Ananas aß, mit ihrer Großmutter und ihrer Tante, ob sie auch mit so viel Traurigkeit an den Strand dachte wie ich. Ich ging ins Fernsehzimmer und hob den Telefonhörer ab. Wählte die Nummer von Chela. Shit, was machst du?, sagte Isora. Mir ist langweilig, weil das Feuer schon aus ist. Kann ich morgen früh zu dir?, fragte ich. Okay, Shit. Bring deinen Badeanzug mit, vielleicht fährt uns jemand an den Strand.

Ich ging früh ins Bett, damit ich in Ruhe an den Strand denken konnte. Das letzte Mal war ich da gewesen, als mein Vater angeln wollte und meine Mutter und mich mitgenommen hatte. Wir fuhren nach Punta de Teno, es war Ostern und total windig, aber ich war trotzdem im Wasser. Meine Mutter stellte sich auf einen Felsen, um mich im Blick zu behalten, weil Oma sagte, das Meer ist der Teufel und das Mädchen kommt nicht dagegen an beim Schwimmen, während sie Sonnenblumenkerne kaute und in Landhausstil-Einrichtungszeitschriften und Handarbeitsmagazinen blätterte. Es war Flut. Ganz nah am Ufer ging ich mit dem Kopf tief unter Wasser, griff Hände voll mit Steinchen und versuchte, sie rauszuholen. Immer wenn ich an die Oberfläche kam, hatte ich fast nichts mehr in der Hand. Einmal holte ich ein leeres Schneckenhaus aus Perlmutt aus dem Meer, das leuchtete wie ein verbrauchter Mond.

SONNENCREME AUF DEN HALS

Den ganzen Vormittag verbrachten wir damit, Leute zu fragen, ob sie uns nach San Marcos bringen würden, aber niemand konnte. Die alten Frauen waren die Einzigen, die uns begleitet hätten, weil Isora ihnen den letzten Nerv raubte, aber sie hatten kein Auto und keinen Führerschein und sie würden sicher nicht mit uns zu Fuß gehen, es waren nämlich fast drei Stunden an der Hauptstraße entlang, der Fußgängerweg war schmal und die Autos fuhren ohne Abstand vorbei. Wir überlegten, alleine zu gehen. Isora griff sich ihre Sachen und stopfte sie in eine Tasche: Handtuch, Sonnencreme, Badesachen und ein paar Sandwiches mit Revilla-Wurst und Käse. Von der Theke aus hörte Chela, wie wir im unteren Teil des Ladens rumorten, weil Isora ihre alten Turnschuhe suchte, und kam die Treppe runtergerannt. Wo zur Hölle geht's denn hin? Das würd ich ja gern mal wissen. An den Strand, Bitch, sagte Isora. Und Chela riss sich einen Flipflop vom Fuß, schleuderte ihn in Richtung Isoras Kopf und schrie, ich schick dich gleich an den Strand, und zwar mit Karacho, das sag ich dir! Ich schmiegte mich an eines der Regale, wo die Libby's-Säfte standen, völlig verstaubt und voller Spinnweben. Isora rannte hinter die Tiefkühltruhen, um sich zu verstecken, und murmelte immer wieder, facking Bitch, ich hoff, dass du stirbst. Halloooo! Hier wartet der Mann mit den Süüüüßigkeiten, haaaaallooo!, rief eine alte Frau vom Eingang des Ladens. Chela rannte wie von der Tarantel gestochen nach oben, den Flipflop noch immer in der Hand. Iso, deine Oma ist weg, komm raus, sagte ich zu Isora und löste meinen Rücken vom Regal. Ich wiederholte es noch mal und wartete, aber sie kam nicht hinter den Kühltruhen vor. Ich setzte mich auf eine Plastikkiste in einer Ecke und wartete. Einen Moment lang dachte ich, sie wäre eingeschlafen oder sie rubbelte sich vielleicht, weil sie sehr schwer atmete, aber ich traute mich nicht zu gucken, ich hatte Angst, keine Ahnung, warum. Eine Stunde später kam sie hinter den Kühltruhen rausgekrochen wie eine vergiftete Eidechse, und sie sagte, Shit, komm mit aufs Klo, ich scheiß mir in die Hosen. Und ich sah, dass ihre Augen geschwollen waren, geschwollen, weil sie geweint hatte.

Zum Essen waren wir bei meiner Oma. Es gab Hühnerflügel, Kartoffeln und rote Soße. Omas Soße war wässrig, weil sie Wasser aus dem Brunnen dazugab. Als sie klein war, war das Olivenöl knapp gewesen, und aus Gewohnheit machte sie es seitdem so. Wir aßen auch zerdrückten Gofio. Oma gab die Maismasse immer in einen tiefen Teller und wir machten Kugeln draus, die wir in die wässrige Soße tunkten. Wir durften sogar mit den Händen essen, mit den Händen schmeckt's besser, sagte sie. Chela schrie uns an, wenn sie uns dabei erwischte, wir wären doch Dreckschweine und wie meine Oma dazu käme, uns so eine Sauerei zu erlauben. Und ich merkte, wie sie »deine Oma« mit Verachtung aussprach. Sie wusste, dass Oma uns wie Prinzessinnen behandelte. Als wir fertig waren mit essen, sagte Isora, sie hätte eine Idee, wir könnten ja so tun, als wäre der Kanal der Strand von San Marcos.

Als wir aus Omas Haus kamen, holten wir uns ein paar Hüte für den Gemüsegarten von Onkel Ovidio und Juanita Banana, der mit uns an den erfundenen Strand am Kanal kommen sollte, um Unsinn zu veranstalten. Juanita Banana war ein Junge, der gleich neben mir wohnte und weinte, wenn er so genannt wurde. Isora rief seinen Namen und Juanita Banana kam mit einem Schinken-Ei-Sandwich in der Hand auf den Balkon. Juanito, komm mit uns mit, wir gehen an den Kanal und tun so, als wär's der Strand, und lästern über die Cellulitis von den Weibern. Ich kann nicht, antwortete er, meine Mutter hat gesagt, ich muss Unkraut rupfen. Juanita durfte nur ganz selten mit uns spielen, weil er immer Unkraut rupfen musste oder die Tiere füttern oder die Büsche schneiden oder die Innenhöfe putzen oder die Autos waschen oder das Mini-Motorrad von seinem Bruder. Sein Vater wollte, dass er arbeitete. Juanita lernte nicht gern, und sein Vater drohte damit, ihn zur Tomatenernte zu schicken, wenn er nicht genug lernte, und ich dachte manchmal, dass das keine leere Drohung war und dass der Vater in Wirklichkeit wollte, dass er von klein auf bei der Tomatenernte arbeitete. Ich stellte ihn mir als alten Mann vor, mit einer Glatze mitten auf dem Kopf, den Kopf wie ein verbrannter Garten. Und mit Bart, einem Bart mit ein paar weißen Haaren. Er als alter Mann mit Tomaten in den Händen, und die anderen Männer riefen ihn, Juanita Banana dies, Juanita Banana das, und er dachte traurig an die Zeit, als er klein war und mit uns Barbie und Ken spielte und die Barbie zu uns sagen ließ: Hallomädelsichbinchaxiraxiundichbintotalhübsch.

Der Kanal lag etwas unterhalb des Ladens, gleich hinter dem Kulturzentrum. Im Kulturzentrum kifften die Jungs, die schon auf die Oberschule gingen, Kinkis sagten wir zu ihnen. Mir war es superpeinlich, an ihnen vorbeizulaufen, weil ich nicht wusste, was ich mit mir anfangen sollte. Isora kannte alle

Jungs vom Kulturzentrum mit Namen, und sie sagte, als wäre es ein Liedtext: Yeray Jairo Eloy Ancor Iván Acaymo. Und grüßte sie, und für Isora war es überhaupt kein Problem, an ihnen vorbeizugehen, sie war berühmt, hatte einen Laden, und wenn sie nicht gegrüßt wurde, verkaufte ihre Oma den Jungs vielleicht keine Sandwiches und keine Cola mehr, die sie um fünf Uhr abends kauften, weil dann die Schule aus war und sie sich trafen, um Joints zu rauchen und Sandwiches zu essen und im Messenger zu chatten, wenn einer der Computer, die es im Kulturzentrum seit kurzer Zeit gab, frei war.

Schon von Weitem stank der Eingang zum Kulturzentrum nach Kiff. Damals kam sehr oft die Polizei vorbei, weil es hieß, hier würden viele Drogen verkauft. Juanita Banana erzählte uns einmal, sein Bruder hätte ihm erzählt, dass die Männer in Antonios Bar Drogen nahmen, und ich hatte eigentlich keine richtige Vorstellung davon, was das bedeuten sollte und wozu das gut war, aber als Isora und Juanita drüber redeten, sagte ich, ja, die verdammten Drogen sind wirklich überall.

Isora kannte eine Stelle am Kanal, wo einige der Betonplatten, die den Kanal abdeckten, kaputtgegangen waren und man das Wasser sehen konnte, wie es beladen mit Nadeln und Zapfen von den Kiefern und mit Steinen vom Berg dahinfloss. Unsere Körper passten durch diese geheimen Öffnungen. Wir folgten dem Lauf des Kanals auf der Abdeckung. Es war ein schmaler Weg, und wenn wir zu einer Seite abstürzten, würden wir verrecken wie die Kaninchen. Als wir zu den losen Platten kamen, sahen wir die ganze, ganze Ortschaft. Links sahen wir Redondo und die anderen Viertel auf den Seiten, von denen wir nicht so recht wussten, wie sie hießen. Bedeckt von Wolken, Schwerfälligkeit, dunkelgrauer Traurigkeit. Und wir sahen den Ortskern und die unteren Viertel, die Glück gehabt hatten, beleuchtet von gelb glänzendem Licht, und dort unten, kurz vor dem Meer, den Strand von San Marcos. Mensch, sagte Isora und ihre Augenbrauen hoben sich fast bis zum Haaransatz, kannst du dir vorstellen, wie das wär, wenn wir am Strand geboren wären?

Wir holten die Handtücher aus den Taschen und legten sie zusammengefaltet an den Rand der Löcher im Kanal. Isora und ich trugen noch kein Bikini-Oberteil, weil meine Mutter und Chela es uns verboten. Außerdem sagte Isora, dass die, die das Oberteil anhatten, Nutten wären und zuerst schwanger würden, und ich sagte ja. In Wirklichkeit konnten wir es beide kaum erwarten, endlich das Oberteil zu tragen und nicht mehr vor Peinlichkeit zu sterben, wenn unsere Brustwarzen hart wurden. An dem Tag beschlossen wir, uns die Oberteile zum ersten Mal anzuziehen, weil uns ja niemand sehen konnte. Isora hatte zwei Oberteile, die sie von ihrer Familie in Santa Cruz zum Geburtstag bekommen hatte, und lieh mir eins aus.

Isora zog sich die Turnschuhe aus und steckte die Füße ins Wasser. Ich machte es ihr nach. Es war kalt, kälter als das Wasser, das morgens in den Wasserrinnen bei Oma floss. Während wir uns die Füße nass machten, konnte ich nicht aufhören, aufs Meer zu schauen. Mach die Augen zu, Shit, stell dir vor, wir sind am Strand von San Marcos, Shit, sagte Isora. Und ich sah mich den Sandstrand am Ufer entlanggehen. Wie mir die Äste und Kiefernnadeln, die im Kanal abwärtsschwammen, an die Fersen stießen, stellte ich mir vor, es wären Steine im Meer, die gegen meinen Körper dotzten und meine ganzen Schienbeine zerdellten. Ohne die Augen zu öffnen, fing Isora das Spiel an: Hey, Sis, weißt du, wer die Blonde ist, die grad ins Wasser geht? Das ist María, oder? Genau, die Matratze María, von der hab ich gehört, dass sie zwei Freunde gleichzeitig hat. Und keinen Ehemann?, fragte ich und kniff die Augen zusammen. Ja, das hat mir Moreiva erzählt, die in der Kurve wohnt, dass die eine Schlampe ist und den ganzen Tag in den Bars Männer aufreißen will, und saufen tut sie auch. Ich öffnete ein Auge einen Spaltbreit und sah Isora am Kanal sitzen, ihre Füße machten Kreisbewegungen im Wasser. Sie kratzte sich die Mimi an den Seiten, weil es sie dort immer vom Rasieren juckte. Sie kratzte sich und redete weiter: Doña Carmen hat ihr extra eine Matratze gekauft, damit ihre Kinder nicht auf dem Boden schlafen müssen. Ich schaute auf ihre Oberschenkel mit dem dichten, weichen Haarflaum wie bei einem Plüschtier und den vielen Leberflecken. Sie glänzten beinahe golden. Eulalia sagt, dass sie gesehen wurde, wie sie es hinter dem San-Marcos-Platz mit einem Typen vom Strand getrieben hat, beim Dreikönigstanz, redete sie weiter. Ich ließ meinen Blick von den Spitzen ihrer dicken Zehen mit den superkurz im Fleisch steckenden Zehennägeln hochgleiten bis zu ihrer Mimi und schloss wieder die Lider. Während sie mir von der Matratze María erzählte, sah ich ein absolut reales, gestochen scharfes Bild von uns beiden als Erwachsene, wie wir am Strand von San Marcos saßen, uns mit rasierten Beinen und ohne Oberlippenbart sonnten. Ich verteilte Sonnencreme auf Isoras Oberschenkeln, liebkoste die Oberfläche ihrer Schenkel und sie reckte sich wie eine Katze und die Leberflecken saugten die ganze Sonnencreme auf und ich drückte noch was aus der gelben Flasche mit Lichtschutzfaktor 30 auf meine Handfläche und verteilte die Creme auf ihren Oberschenkeln und ich spürte die eingewachsenen Haare auf ihren Beinen, spürte, wie die neuen Haarstoppeln herauswuchsen, und ich füllte jede Pore mit Creme und sie lachte und ihr Leberfleck am Kinn glänzte und ich cremte sie noch mal ein, Sonnencreme auf den Hals, Creme zwischen die Zehen, Creme auf die Brustwarzen und hinter die Ohren, in die Wimpern, Isoras Wimpern waren lang wie Würmer, lang und fein und durch die Sonne wurden sie blond, fast durchsichtig.

Auf dem Rückweg vom Kanal gingen wir langsam. Isora taten die Zehennägel weh und sie zog die Schuhe aus. Sie sagte, hey, Shit, ich hätt sie nicht so kurz schneiden dürfen, und trat sehr vorsichtig auf, um sich nicht an kleinen Steinchen zu piken, um sich nicht an den Scherben der Säuferflaschen zu schneiden. Wir pflückten ein paar Mispeln und aßen sie unterwegs. Sie waren warm, aber Isora sagte, besser so, so kriegte sie davon Durchfall und wurde alles Essen los, das zu viel war. Ich saugte den süßen Mispelsaft von den Fingern der einen Hand und hielt Isora mit der anderen. Ich wäre gern Hand in Hand mit ihr weitergegangen, aber ich erwischte sie nur am Arm. Ich wiederholte für mich, dass wir nicht so waren wie diese Freundinnen, die einander anfassten und ich hab dich lieb sagten. Meine Hand brannte auf Isoras Arm. Wir gingen weiter und auf Höhe des Kulturzentrums hatte ich sie losgelassen. Die Jungs kifften nicht mehr, niemand war auf der Straße. Es war dunkel, der Himmel war eine Höhle. Isora ging hinter einer Reihe parkender Autos weiter, es waren die Autos der Männer, die sich in Antonios Bar mit Wein volllaufen ließen. Ich folgte ihr. Als ich sie eingeholt hatte, griff sie mich am Arm, fest, als wollte sie sich selbst davon abhalten, einen Abgrund hinunterzustürzen. Im Rückspiegel eines weißen Autos sah ich unsere vereinten Körper, ihre Handfläche und die Haut an meinem Arm wie zusammengewachsen. Es hielt nur kurz an. Als Chela den Kopf hinter der Theke hervorschob, hatte mich Isora schon losgelassen.

EIN METALLIC LACKIERTER BMW MIT QUIETSCHENDEN REIFEN

Im Laden brüllte Chela herum, dass man schier gottesfürchtig werden konnte. Diese Drecksnutten haben schon wieder vor den Laden geschissen, sagte sie, schon wieder diese ekelhafte Schweinerei. Chela sagte immer, die Hexen vom Berg würden manchmal alles vollkacken, und es stank wie die Wiedehopfe vor lauter Dünnschiss. Sie sprach von den Hexen vom Berg, als würde sie sie schon immer kennen. Manchmal erzählten die alten Frauen aus dem Viertel davon, dass sie früher, wenn sie als Kinder auf dem Berg Kiefernreisig sammelten, die Hexen sehen konnten, wie sie sich langhaarig und nackt an den Kiefern rieben. Als Isora mich sah, sagte sie, Shit, ich muss die Hexenscheiße mit der Schaufel wegmachen, hilf mir, ich helf dir auch immer, und danach spielen wir Barbies. Ich hatte nicht einmal Zeit, ja zu sagen, und schon hatte mir Isora eine Plastiktüte aus dem Laden in die Hand gedrückt, damit ich den riesigen Fladen vor dem Hintereingang einsammeln konnte. Sogar der zerschlissene Fransenteppich, auf dem Sinson immer lag, war voller Scheiße. Sinson war Chelas Hund, er hieß Sinson wie Homer von den Sinsons, und ihm fehlte ein Auge, weil ihn einmal ein metallic lackierter BMW mit quietschenden Reifen bei seiner Runde durch das Viertel angefahren hatte, und als er in den Laden kam, hing ihm das eine Auge raus, und Chela schrie, heilige Mutter, jetzt haben sie mir das Hündchen ruiniert. Sie sagte Hündchen, als würde sie etwas für Hunde empfinden, aber wenn die alten Frauen des Viertels etwas verband, dann dass sie Hunde überhaupt nicht leiden konnten, kein Fitzelchen, sie ekelten sich sogar vor ihnen, behandelten sie so, wie sie gerne ihre Ehemänner behandelt hätten, die den ganzen Tag in Antonios Bar Wein tranken und Karten spielten.

Ich fing an zu putzen, weil Isora nichts machte, überhaupt nichts. Ich holte einen Schlauch, der in Chelas Hof lag, tropfte etwas Fairy auf den Teppich und hielt voll drauf. Shit, die Bitch sagt, es waren die Hexen, aber ich glaub, es war eher die Nutte Saray, sagte sie, während ich den Teppich abspülte und Sinson mich anbellte, weil ich mich an seinen Sachen zu schaffen machte. Saray war das Mädchen, das neben mir wohnte und zwei Jahre älter war als wir.

Manchmal gingen wir zu ihr zum Spielen, aber Isora mochte sie nicht so, weil sie sie ein bisschen doof fand und ein bisschen abstoßend. Isora rollte den Gartenschlauch ein, und ich trocknete mir die Hände an meinem Shirt. Überm Kackewegmachen und Lästern wurde es spät. Als wir die ganze Scheiße schon in die weißen Tüten gepackt hatten, suchten wir uns ein paar dichte Dornbüsche, um die Ladung dort loszuwerden. Es war inzwischen fast ganz dunkel geworden. Wir konnten schon den Duft der abendlich aufgebrezelten Schönlinge riechen, der anzeigte, dass es spät war und dass wir uns bis zum nächsten Tag trennen mussten. In diesem Augenblick, als die Wolkendecke in sehr feinen Rissen aufbrach, durchflutete das letzte Tageslicht den Himmel und alles glänzte golden. Ein sehr starker Schmerz setzte sich in meiner Brust fest, als würde mir die Luft wegbleiben. Ich wusste nie, wie ich mich von Isora verabschieden sollte. Ich sah sie an, als würde ich mich schon seit Jahren auf den Abschied vorbereiten.

Aber Isora begleitete mich nach Hause. Sie begleitete mich immer.

Und ich begleitete sie.

Und sie begleitete mich.

Genau wie die Joghurts im Laden, sagte sie einmal. Sie sagte es, als es um uns beide ging, und sie dachte, ich hätte es nicht gehört, hatte ich aber. Wie die Joghurts, die kommen immer im Zweierpack.

Und deswegen war es so, dass, nachdem wir den ganzen Tag Barbies gespielt und so getan hatten, als wären die Barbies Figuren aus den Telenovelas, die Kens waren Juan, Franco und Gato und die Barbies Gimena, Sarita und Norma und die Kens waren derb und dunkel und die Barbies waren schlank, sehr schlank, noch schlanker und konnten gut tanzen und küssen und legten sich auf die Kens drauf und die Kens legten sich auf die Barbies und pikipikipiki klopften wir ihre Plastikkörper gegeneinander und sagten, dass sie sich liebten, genau wie Gimena und Óscar, Norma und Juan, Franco und Sarita, Franco und Rosario, Franco und Rosario, Franco und Rosario, und Rosario war die größte Nutte, aber sie konnte am besten tanzen, und deswegen stritten wir darum, wer Rosario sein durfte, wer Gimena war und, zuletzt, wer Norma sein durfte, aber niemals Sarita, weil wir Sarita total langweilig fanden, öde und derb wie Boomer bei den *Powerpuff Girls*, uns wurde schlecht von ihr. Und deswegen war es so, dass sie mich immer begleitete, nachdem wir Barbies gespielt und so getan hatten, als würde sich Juan mit den anderen Puppen prügeln und Franco eine dafür aufs Maul hauen, dass er sich mit Rosario traf, und als würde er den Katzen von Oma eine mitgeben und den Wänden und der Luft, weil er verliebt war. Sie kam mit mir bis zu meiner Haustür, und die Hähne und Hunde und Vögel und sogar die Kaninchen, die eigentlich

keine Laute von sich geben (außer vielleicht müm-
melmümmelmümmel), kreischten, weil sie merkten,
dass wir uns der Tür näherten. Dann ging Isora ein
Stück weg und sagte, bis morgen, Shit, bis morgen.
Und sie sagte Shit und es war wie eine schüchterne,
stille Zärtlichkeit. Bis morgen, Shit, bis morgen, und
sie lief bergab und ihr hoher Dutt fing an zu pen-
deln, links-rechts, links-rechts, links-links, rechts-
links, und auf halber Strecke, als ich sie fast aus dem
Blick verloren hatte und nur noch ihr pendelndes
Haar ohne Körper sah, drehte sie sich zu mir um
und schrie, hey, Sis, begleite mich, bitte, ich begleite
dich auch immer. Und dann gingen wir, gemeinsam, den ganzen Weg, den wir im Zickzack gegangen waren, zurück, links-rechts, links-rechts, links-
links, rechts-links, weil Isora sagte, dass es weniger
anstrengend ist, wenn man im Zickzack bergab läuft,
und wir fingen an, von dem einen Mal zu reden, als
wir uns in die Hosen gemacht hatten, um zu sehen,
wie das ist, und wir hatten uns eingepinkelt, im Kar-
toffelbeet von einem von Omas Nachbarn, der viele
Gemüsegärten hatte, und hatten uns vollgepisst auf
der Erde gewälzt, und ohne es zu merken, waren wir
schon da, wo die Schwulen wohnten, und es fehlte
nicht mehr viel bis zum Laden, und dann fragte mich
Isora, ob ich noch wüsste, wie wir mal in der Schule
einem Mädchen, das wir nicht mochten, Apfelsaft
über den Kopf geschüttet hatten und nachsitzen

mussten. Das goldene Licht kam schon nicht mehr durch die Wolkenritzen, ich schaute in den Himmel und es war fast dunkel. Ich fragte Isora, ob sie noch wüsste, wie wir einmal in der Schule Hunde gespielt hatten, und ihr Hund war Josito, ein Junge aus Redondo, Josito ging auf allen vieren und hatte ein Seil um den Hals und hob ein Bein, als wollte er an die Schulmauern pinkeln, die Schulmauern mit den kanarischen Zeichnungen und mit klitzekleinen Menschen, als Zauberer verkleidet, und mit Ananas und Bananen und den Ochsenkarren von den Wallfahrten und Kartoffeln und Mörsern, wie an dem Tag, an dem wir den Tag der Kanarischen Inseln feiern, und Isora schrie den Hund an, aus, Stricher, verfickter Stricher, aus, und ich lachte und lachte, weil es mir gefiel, wenn Isora verfickter Stricher sagte, meine Ohren füllten sich mit Honig, wenn Isora sagte:

Stricher

verfickter Stricher

verfickter stinkender Stricherhund

Sinson, du verfickter Hurensohn

verfickte Schlampe

verfickter Schlappschwanz

verfickter Schmierfink

verfickter Spasti

verfickter Scheißhaufen

verfickte facking Bitch

schlampigere Schlampe als die Hühner

Und ohne es zu merken, waren wir schon bei Melvas Haus, Wilde-Ehe-Melva, wie Isoras Großmutter sagte, weil sie nicht verheiratet war und in wilder Ehe mit einem Mann aus Schottland zusammenlebte. Es waren nur noch wenige Meter bis zum Eingang vom Laden. Und wir gingen weiter und erinnerten uns, wie wir einmal in der Kirche gewesen waren und Isora angefangen hatte, die Bewegungen des Priesters nachzumachen, und ich lachen musste, so heftig lachen musste, dass der Priester die Messe unterbrach, um mir zu sagen, dass ich aufstehen und mich allein vor die Kirchentür stellen sollte, und alle alten Frauen aus dem Viertel schauten mich böse an, und als wir uns erinnerten, wusste ich auch wieder, wie ich Angst bekommen hatte, als ich da vor der Kirchentür stand und mich alle alten Frauen anschauten, weil ich wusste, dass sie mich nicht mehr lieb hatten, dass sie Isora mehr mochten und dass sie mich jetzt noch weniger lieb haben würden, aber ich sagte nichts.

Und wir liefen weiter.

Und kamen zum Laden.

Und fingen von vorne an.

Bis morgen, Shit, sagte sie, bis morgen. Ich ging bergauf und auf halber Strecke wurde ich traurig und schaute in den Himmel und jetzt war es wirklich dunkel und die Frösche im Wasserbecken, wo niemand mehr schwimmen lernte, fingen an zu quaken und es

war wie ein altes Lied, ein Lied von vor vielen Jahr-
hunderten, als Isora und ich noch keine Freundinnen waren, aber dazu bestimmt, es zu werden, denn
wenn ich eins wusste, dann dass Isora und ich so be-
schaffen waren wie alles, was dafür geboren wird, gemeinsam zu leben und gemeinsam zu sterben, und
ich drehte mich um und sagte, Shit, begleite mich,
wenigstens bis zu den Schwulen, begleite mich, Sis,
ich begleite dich auch immer.

DIE TOURIS, DAS SIND ALLES DRECKSCHWEINE

Ich mochte die Landhäuser und ich mochte sie nicht, ich meine: Ich mochte sie, weil sie schön aussahen, aber ich mochte nicht, dass zwischen mir und ihnen eine riesige Wand aus durchsichtigem Butterbrotpapier war, aus Frischhaltefolie, die mich an den besten Sachen der Landhäuser nicht teilhaben ließ. Die Fincas standen eine Straße von meiner entfernt, in El Paso del Burro. Die Landhäuser waren schuld daran, dass meine Mutter an den Tagen, an denen sie nicht in den Süden fahren musste, um Hotels zu putzen, Landhäuser putzen musste und wir nicht an den Strand konnten, und deswegen mochte ich keine Landhäuser. Wenn ich Zeit mit meiner Mutter verbringen wollte, musste ich mit ihr Landhäuser putzen, aber ich fand Landhäuserputzen ziemlich öde. Sie sagte mir manchmal, setz dich einfach hierhin und spiel, und ich setzte mich und fühlte etwas wie ein großes schwarzes Loch im Magen und wurde traurig, aber wenn sie mir sagte, du musst beim Putzen helfen, und mich nicht spielen ließ, war ich auch nicht zufrieden, weil ich es hasste, Landhäuser zu putzen.

Wenn ich groß wäre, wollte ich Sekretärin für Papiere werden, nicht Putzfrau.

Wir durften in einen Bereich der Häuser reingehen, wo die Gäste nicht hinkamen. So nannte meine Mutter die Ausländer. Da, wo nur wir reindurften, war ein Zimmer, das nach Most stank und Spinnweben und Erdflecken an den weißen Wänden hatte, die schon ganz zimtfarben waren, dazu sagten meine Mutter und der Gärtner Gerätekammer. Ich fühlte mich besonders, weil ich in der Gerätekammer sein durfte, aber dann merkte ich, dass die Ausländer noch viel besonderer waren, weil sie sich auf die Liegestühle legen durften und riesige Bücher lasen (ich mochte lesen überhaupt kein Fitzelchen, aber ich hätte gerne gehabt, dass ich es mochte), und sie wuschen sich in ihren schönen Duschen und aßen an ihren schönen Tischen unter den schönen Sonnenschirmen, die ich Regenschirme nannte und die aus getrockneten Palmen gemacht waren, und sie schliefen in Betten mit weißen Laken und einem Moskitonetz über dem Kopf, als wären sie im Urwald.

Meine Mutter stapelte das Geschirr im Spülwasser mit Chlorreiniger, damit der Dreck, den die Touristen darauf hatten eintrocknen lassen, abging, meine Mutter sagte, die Touris, das sind alles Dreckschweine, und dass sie nicht wüssten, wie man putzt, putzen die bei sich zu Hause auch nicht, oder wie. Sie sagte, das hier ist ja schon eklig, aber von den Hotels fang ich gar nicht erst an, und sie fragte mich, ob sie das bei sich zu Hause auch so machten und warum sie in den Hotelzimmern neben die Kloschüssel schissen oder in den Papierkorb, wie die Köter, wie dreckige Köter, und meine Mutter putzte mit angehaltenem Atem und hatte den Rest des Tages eine ziemliche Laune. Meine Mutter putzte die Eierkrusten, die Eiflecken, von den Tellern, den Gabeln und den Gläsern, die auch Flecken hatten vom Trinken mit Ei an den Fingern, und sie sagte, ich sollte die Blätter und die vergammelten und beim Fallen aufgeplatzten Feigen im Innenhof neben dem Pool zusammenkehren. Dort sah ich sie, die Touris, wie sie ihre Touri-auf-der-Finca-Sachen machten, während ich kehrte. Ich stellte mir vor, ich wäre ein Gast mit ein paar Gastkindern in Ganzkörperbadesachen, und ich verstand nicht, wieso sie diese Badesachen anhatten, und ich stellte mir vor, ich würde im Pool schwimmen. Und ganz verloren in meiner Fantasie lehnte ich Schaufel und Besen an die Wand und ging ein Stück Richtung Beckenrand. Ich blieb dort vor ihnen stehen, die Hände hinter dem Rücken. Die spielenden Kinder gafften mich an, als wäre ich eine Erscheinung, denn was sollte das denn bitte sein, ein Mädchen, das putzt, als wäre es eine Putzfrau. Da fühlte ich mich kurz mächtig, aber plötzlich sprangen sie in den Pool und fingen an zu schwimmen, und mir brannte die Hitze auf den Schädel, und auf einmal hatte ich die Wand aus Cellophan vor meinen Augen und merkte, dass ich kein Gast war, sondern die Tochter der Putzfrau, wie die Leute sie nannten, und wenn ich die Blätter nicht aufsammelte, würde meine Mutter schimpfen. Also sammelte ich die Blätter auf und dachte daran, dass ich kein Gast war, aber auch keine besonders gute Putzfrau. Oma nannte meine Mutter immer schnell wie eine Axt, wenn sie sie putzen sah, superordentlich und alles zack, zack sauber, wie der Blitz, und als ich das hörte, dachte ich, dass ich niemals auch nur halb so schnell sein würde wie meine Mutter. Dann kam meine Mutter raus und sagte, mach jetzt, Mädchen, es sieht fast so aus, als hättest du totes Blut, und plötzlich waren meine Arme gelähmt und die Beine, und irgendwas machte, dass ich nicht weiterputzen konnte, sondern stehen blieb und fasziniert die Gäste anglotzte, und je öfter sie mir zurief, mach jetzt, du Trantüte, desto langsamer wurde ich, und deswegen sagte mir meine Mutter manchmal, ich solle mich hinsetzen und spielen, weil ich ihre Arbeit aufhielt, weil ich durch die durchsichtige Wand starrte, die zwischen mir und den Gästen war.

SIE FRESSEN GANZE KANINCHEN, OHNE KAUEN,

Shit, die Bitch hat mich wieder auf Diät gesetzt, sagte Isora am Telefon. Es ist 'ne Zwiebeldiät, ich muss andauernd Zwiebelsuppe essen, und das die nächsten zwei Wochen. Boah, wie eklig, sagte ich. Shit, komm runter, ich hab total Bock, einen Kuchen zu backen, kann aber keinen essen, weil ich nur diese Stinkesuppe essen darf, komm runter und ich guck zu, wie du Kuchen isst. Okay, ich komm, sagte ich.

Auf der Straße drehten sich laut die Zementmischer. Jeden Tag gab es im Viertel etwas zu bauen, und hinter den Mauern drehte sich immer irgendein Zementmischer und machte Geräusche wie ein Gespenst, das Ketten über den Boden schleift. An dem Tag sah man auch keine Sonne am Himmel, aber man spürte, dass sie hinter den Wolken steckte. Der Himmel war wie eine weiße Wand mit einem gelben Kreis, als wäre die Sonne mit Wachsstiften gemalt, die man dann mit weißer Farbe übermalt hatte. Es war sehr heiß. Das war die Calima, wie mein Vater dazu sagte, uns tat die Brust weh vom Atmen und alles wurde superschwer, als hätten wir den Zement aus den Zementmischern in unseren Schuhen. Als ich bei Isora ankam, war die Hintertür offen und es roch nach Kuchen. Sinson schlief auf dem Bänkchen neben der Tür. Isora hatte eine Schürze von Campofrío um, die sie von den Schinkenlieferanten bekommen hatte. Shit, er ist noch nicht durch, sagte sie mit eingefallenen Augen. Sie war traurig an dem Tag. Immer wenn Chela sie auf Diät setzte, wurde Isora traurig. Und dann gab es kein anderes Thema mehr als Essen, die Sachen, die sie jetzt gerne essen würde, wie man Joghurtkuchen backte und Käsekuchen. Auf der steinernen Küchenplatte war eine Mehlspur und es lagen leere Joghurtbecher herum. Ich zeig dir was Cooles, Shit, das hab ich in einer Schublade gefunden, sagte sie und führte mich am Arm in das Zimmer ihrer Tante Chuchi, wo ein Bild vom Letzten Abendmahl über dem Kopfende des Bettes hing. Isora nahm ein Feuerzeug aus der Schublade, auf dem ein Mann mit einem sehr großen Schniedel zu sehen war, groß wie eine Chorizo-Wurst, der zusammen mit einer Frau an einer Palme an einem Strand mit weißem Sand lehnte. Isora bewegte das Feuerzeug mit dem glänzenden 3-D-Bild und der Schniedel verschwand mit der Bewegung in der Frau und tauchte wieder auf, es war ein Feuerzeug mit 3-D-Hologramm. Das ist ja eklig, sagte ich. Shit, glaubst du, meine Tante kifft?, fragte sie. Was weiß ich, vielleicht hat ihr jemand das Feuerzeug zum Geburtstag geschenkt. Sie legte es wieder in die Schublade, weil es inzwischen verbrannt aus der Küche roch.

Als Isora den Kuchen auf den Tisch stellte, hatte ich schon einen Kloß im Hals. Oben war er ein bisschen angebrannt, er war rund und hatte ein Loch in der Mitte. Isora sagte, iss ihn, solange er warm ist, dann schmeckt's besser. Meine Mutter hat gesagt, von warmem Kuchen kriegt man Bauchweh, antwortete ich. Das ist eine Lüge, Shit, damit du ihn nicht gleich aufisst und Hunger schiebst. Sie wusste immer, wann Erwachsene logen. Isora servierte mir ein Stück Kuchen auf einem Tellerchen, und ich fing an, es nach und nach aufzuessen. Der Kuchen schmeckte nicht, er hatte einen Nachgeschmack nach Backpulver, der sich anfühlte, als hätte ich einen Mundvoll Poolwasser mit viel Chlor geschluckt. Während ich langsam den Kuchen aß, erzählte mir Isora, dass eine Frau aus der Kirche schuld an ihrer Diät war, die hatte ihre Großmutter darauf gebracht, dass man mit Zwiebelsuppe ganz schnell viele Kilos abnehmen könnte, man müsste bloß diese Suppe zum Frühstück und zum Abendessen essen, die Suppe ist sehr eklig, aber wenn sie sie wirklich aß, würde sie endlich superschlank, wie Rosarito aus *Die Leidenschaft*. Isora nahm den Topf mit der Suppe, die ihre Großmutter gemacht hatte, und hob vor meinem Gesicht den Deckel ab, damit ich reinschauen konnte. Darin schwammen viele Zwiebeln herum, wie verirrte Boote in gelblichem Wasser. Ich dachte, ich hätte auch gern, dass sich jemand darum kümmerte, dass ich nicht dick wurde. Die Einzige, die mich dabei unterstützte, wenig zu essen, war Isora, aber wenn sie selber auf Diät war, war es nicht mehr so wichtig, ob ich viel aß, weil sie dann nur noch sehen wollte, wie jemand an ihrer Stelle aß. Isora sagte immer, wir würden glücklich sein, sobald wir uns die Beine rasieren durften und wenn wir so schlank wären wie Rosarito, und ich dachte, das stimmte, und der Tag, an dem ich meinen Schnurrbart loswerden durfte, würde der glücklichste Tag meines Lebens werden.

Zwischen dem Ekel vor dem Zwiebelsuppengeruch und dem schlechten Kuchen hatte ich den Drang, auszuspucken oder Wasser zu trinken, aber ich nahm mich zurück und schluckte, während mich Isora dabei beobachtete, wie ich mir Stückchen für Stückchen Kuchenkrümel reinschaufelte. Für sie war jede Bewegung wichtig. Sie genoss es, zu beobachten, wie ich meine Finger vom Kuchen zum Mund führte, und sie gab mir die ganze Zeit Anweisungen, iss ihn so, iss ihn lieber so, während sie mich anstarrte. In dem Moment, als Isora aufstand, um aufs Klo zu gehen, rannte ich zur Tür und sagte, friss, Sinson, und gab ihm das Stück Kuchen, das noch übrig war. Der Hund fing an zu husten, uckuckuck, weil der Kuchen zu trocken war und seine Kehle rau war wegen des Alters, aber er schaffte es, das Stück ganz runterzuschlucken, wie in Naturdokus, wo Schlangen ganze Kaninchen fressen, ohne Kauen, weil sie immer alles komplett schlucken, was sie zu fressen bekommen. Chela gab ihm immer die Reste vom Mittagessen, mit Knochen und allem.

Isser gut, Shit? Willst du noch ein Fitzelchen?, fragte Isora, als sie zurückkam. Und statt zu sagen, dass ich nichts mehr wollte, nickte ich. Sie legte mir noch ein Stück auf eine Serviette und wir gingen Barbies spielen. Isora war die ganze Zeit fixiert auf das Kuchenstück. Jedes Mal, wenn ich sah, wie sie es anschaute, ließ ich meine Puppe fallen, nahm ein Bröckchen und steckte es mir in den Mund. An dem Tag lebten die Barbies in einem Landhaus in Redondo. Sie hatten Bedienstete, denen sie Schläge auf den Hintern gaben und zu denen sie sagten, arbeite, Muli, wofür bezahl ich dich denn, hopphopphopp. Während Isoras Barbie dem einzigen Ken ihrer Sammlung Schläge verpasste, bei dem wir so taten, als wäre er viele verschiedene Sklaven, dachte ich daran, dass ich nicht in der Lage war, zu sagen, wenn mir etwas nicht schmeckte, und wenn sie mich um etwas bat, machte ich es und Punkt, ohne Wenn und

Aber, als wäre ich ein Ken und sie eine Barbie, die Schläge austeilt.

Alle Sklaven waren schon an Hunger und Hitze gestorben, als meine Oma auf Chelas Telefon anrief, weil ich zum Mittagessen nach Hause kommen sollte. Ich half Isora dabei, die Barbies aufzusammeln, und ging durch die Tür nach draußen, und bevor ich außer Reichweite war, rief Isora, Shiiiit, nimm noch Kuchen mit, sie lief mit zwei Stücken, jedes auf einer Serviette, hinter mir her. Ich nahm sie ihr ab, ohne was zu sagen, weil es mir sehr schwerfiel, mich von ihr zu trennen. Ich wollte lieber so tun, als würde ich nicht gehen. Ich ging die Hauptstraße hoch und auf Höhe des Wasserbeckens war Gaspa und schnüffelte nach Pipispuren. Gaspa war ein Straßenhund, grau wie ein Esel, mit überhaupt nicht weichem Fell und überstehenden Zähnen, wie alle Hunde im Viertel sie hatten. Ich überlegte, ob ich ihm ein Stück Kuchen hinwerfen sollte, aber dann fiel mir das Uckuckuck von Sinson ein, und ich hatte Angst, er könnte am Kuchen ersticken, weil Gaspa noch viel älter war als Sinson. Ich ging weiter die Straße hoch und Gaspa lief mir hinterher. Er zog die Hinterpfoten nach, als wäre sein Körper so schwer wie fünf Säcke Zement. Ich wusste nicht, zu wem Gaspa gehörte, vermutete aber, dass ihn niemand wollte. Wir kamen an Melvas Haus vorbei und Gaspa klebte sich immer enger an meine Beine. Er starrte auf meine Hände wie halb verhungert. Auf Höhe von Omas Cousin kam ein anderer Hund auf die Straße und fing auch an, mir nachzulaufen. Er war weiß mit einem schwarzen Fleck über dem rechten Auge. Er wirkte weicher als Gaspa und jünger. Als Gaspa noch klein war, war er sehr streitlustig, aber mit der Zeit wurde er ruhiger und die anderen Hunde gingen ihm nicht mehr so auf die Nerven. Gaspa und Chovi, so hab ich ihn genannt, liefen neben mir her, ohne den Kuchen aus den Augen zu lassen.

Wir gingen weiter bergauf, und als ich Omas Haus von der Biegung aus sehen konnte, hatte ich schon fünf Hunde in allen möglichen Farben und Größen im Schlepptau. Da waren Gaspa, Chovi, zwei ausgesetzte Windhunde, die nur dienstags und donnerstags vorbeikamen, um die Mülltüten zu zerfetzen, weil dann die Müllabfuhr kam und die Leute ihren Abfall rausbrachten, und ein kleinerer, abgemagerter, das war der hässlichste und räudigste Hund, den ich je gesehen hatte. Ich ließ sie draußen zurück. In der Küche erwartete mich mein Teller Suppe auf dem Tisch. Ich mochte keine Minzblätter und klaubte sie aus der Suppe. Ich rührte lange mit dem Löffel herum und aß am Ende nicht alles auf. Oma erlaubte mir trotzdem, den Eiersalat und die Tortilla mit Libby's Tomatensoße zu essen, weil es bei Oma okay war, nicht alles aufzuessen, man konnte machen, was man wollte. Nach dem Essen machte Oma am Fernseher in der Küche die Telenovela an. Um diese Uhrzeit wurde ich immer sehr müde, aber ich legte mich nicht hin, weil ich tagsüber nicht gern schlief. Ich stand auf, um mit dem Eimer, der auf der Steinbank vor dem Fenster stand, Wasser aus dem Brunnen zu holen. Meine Mutter sah es nicht gern, wenn ich Wasser aus dem Brunnen trank, weil es, wie sie sagte, nicht behandelt war, aber ich machte es trotzdem, wenn ich mit Oma allein war, weil es mir besser schmeckte als das Wasser von Fonteide, und manchmal bekam ich davon Durchfall, und das machte mich glücklich, weil es Isora glücklich machte. Ich schöpfte etwas Wasser mit dem Aluminiumkrug von Onkel Ovidio. Ich schlürfte, die Zähne an den Gefäßrand gepresst. Das Wasser floss sehr langsam in meinen Mund, weil es durch die enge Ritze zwischen Zähnen und Gefäß musste. Ich machte mich lang, um durch das Fenster nach draußen schauen zu können, und da lagen ungefähr zehn Hunde am Eingang zu Omas Haus, einige schliefen, andere kratzten sich die Flohbisse. Der Himmel oben war eine einzige schwarze Wolke. Da kommt ein Regen, dachte ich. Da kommt ein Regen.

JUANITAS SCHREIE HALLTEN BIS AUF DIE ANDERE SEITE DER KREUZUNG

In unserem Viertel gab es keinen Jungen, der gern mit Barbies oder Puppen spielte, aber mit Juanita Banana machten wir, was wir wollten. Wir gaben ihm immer die hässlichste Barbie mit den schäbigsten Kleidern, und er nahm sie, als würde er einen alten Schatz ausgraben, und sagte, hallomädelsichbinchaxiraxiundichbintotalhübsch, mit einer Vögelchenstimme. Juanita Banana wäre dafür gestorben, von uns zum Barbiespielen eingeladen zu werden, weil er zu Hause keine hatte. Der Großvater von Juanito sagte, diese Jungs von heute würden ja alle immer schwuchteliger. Deswegen hatte Juanita Banana immer einen Ball dabei, wenn er zu uns spielen kam, damit niemand merkte, was wir in Wirklichkeit machten. Oma war es egal, dass Juanita mit Puppen spielte, manchmal spielte sie sogar selbst mit uns, aber ihre Art zu spielen war anders. Sie wusch die Puppen, putzte sie, weil wir sie eingesaut hatten, wenn wir sie sich im Bausand hatten wälzen lassen, der vor Omas Haus lag, und Oma setzte sie auf die Stufen vor der Eingangstür, sauberer als die Kiesel in einem Bach, wunderhübsch und schick angezogen.

Mit Juanita Banana spielten wir auch Boliche mit Murmeln. Von uns allen hatte er die meisten Murmeln, weil Jungs immer mehr Geld für Murmeln und Pokémon-Tazos bekamen, und wir hatten nur vier oder fünf mickrige Stück von jedem. Juanita Banana hatte eine wunderschöne weiße, glitzernde Murmel, auf die Isora und ich schon lange scharf waren. Isora kannte die Boliche-Regeln nicht, aber sie erfand eigene, und weil sie dickköpfig und hartnäckig war, gewann sie immer. Sie sagte, Gongo!, aber es war immer gelogen. An einem Tag, als Juanito aufstand, um hinter einen Essigbaum zu pinkeln, rief Isora, Gongo, verfickt noch mal! Und als Juanita zurückgerannt kam, die Hose voller Pisse, weil er sich so beeilt hatte, hatte sich Isora schon die weiße, glänzende Murmel gegriffen, und seitdem wurde die Murmel nie mehr gesehen. An anderen Tagen spielten wir stundenlang Gameboy. Juanita und ich hatten auch einen Advance, aber Isora war wie immer der Star, weil ihr geripptes Spielemodul einfach das Beste war. Während Isora ein Level nach dem anderen gewann, saßen wir hinter ihr und schauten ihr gebannt über die Schulter, ob die Figur nicht zufällig ertrank oder Feuer fing, aber sie starb nie. Isora erfand die Regeln zu allen Spielen, sogar beim Gameboy. Wenn etwas schiefging, sagte sie, sie sei noch mal dran, weil das Spiel ihr gehörte, und außerdem hätten Juanita und ich selber einen Gameboy, und der Streit war vorbei. Ich wollte so, so doll Hamtaro spielen, genauso doll, wie Kartoffeln sich Regen wünschen.

Es war Mittwoch, und man sah den Volkan stückchenweise hinter den Wolkenfetzen, die in die Kiefern sickerten. Die Wolkendecke war dicht, aber es windete, und manchmal linste die Sonne durch die Ritzen im Weiß und streichelte unsere Schultern. Wir saßen auf der Treppe vor Omas Haus. Über unseren Köpfen hing ein riesiger Bougainvilleen-Busch mit rosa Blüten, und ich malte mir manchmal aus, ich würde in einem Schloss leben mit Gärten und Löwen. Juanito spielte mit Chaxiraxi, der Barbie mit dem eingedellten Gesicht, der allerhässlichsten Barbie. Chaxiraxis Kleider waren aus Bettzeugstoff, Oma hatte sie genäht, weil Isora die eigentlichen Kleider verbrannt hatte, weil sie sie zu krass fand. Isora und ich hatten die gleichen Barbies wie immer. Ihre hieß an dem Tag Jennifer Lopez und meine Saray, wie das Mädchen, das überall hinkackte. Unsere Barbies waren beide superhübsch und hatten einen ganz festen Dutt. Die Barbie Chaxiraxi erzählte uns, dass sie es hinter Antonios Bar mit einem Typen getrieben hatte, der nach Wein stank. Isora hielt das Gesicht von Jennifer Lopez neben das von Saray und sagte ganz leise, Sis, die Chaxi geht doch anschaffen, und Saray kicherte, hihihihi, und hielt sich die Hand vor den Mund. Manchmal waren wir sehr gemein zu Chaxi, aber Juanita Banana fand unsere Fiesheiten total gut, und er machte sich schier in die Hosen vor Lachen. Chaxiraxi flog nackt über ein paar Blumenkübel mit Palmen, die Oma auf die Stufen zum Eingang gestellt hatte. Isora wurde wütend, weil Juanita am Ende die Spiele immer kaputtmachte. Es reichte ihm nicht, dass die Barbies realistische Sachen machten, am Ende konnten sie fliegen und er hob sie über irgendeinen Abgrund oder sie spuckten Feuer. Juanita, gottverdammtescheiße, sagte Isora, entweder du machst die Sachen richtig oder du spielst nicht mit! Und da hörten wir Schritte auf dem Weg, eine Stimme, dunkel wie eine Höhle, rau und alt. Juan, kommsofortrunterundzwaraufderstelle! Es war Juanitos Großvater, mit dem Gürtel in der Hand. Er kam zu uns und nahm ihm Chaxiraxi aus den Händen. Vor Angst musste ich plötzlich dringend pinkeln. Isora sagte, Juanito hat uns nur geholfen, die Barbies aufzuräumen, aber es war egal. Der Großvater griff ihn am Ohr und wrang es aus wie einen nassen Lappen, zerrte ihn auf die Straße und schob ihn ins Haus. Die Barbie blieb mit gespreizten Beinen auf dem Boden liegen. Auf ihrem nackten Körper lag der Schatten der Bougainvillea. Isora hielt mir mit ihren Fingern die Ohren zu. Und ich hielt sie ihr zu. Wir schauten uns in die Augen und bewegten uns eine ganze Weile nicht. In meinen Ohren spürte ich ein starkes Klopfen, wie ein Herz in meinem Kopf, bummbummbumm, das Klopfen presste gegen ihre Finger, gegen die Wände meines Körpers. Ich fand mich in diesem Gefühl, aber in meinen Fingern war nichts. Bei ihr war kein Klopfen zu spüren, es war, als hätte sie nichts im Körper außer Eingeweide.

Wir ließen uns los. Juanitas Schreie hallten bis auf die andere Seite der Kreuzung.

ZUM FRESSEN GERN

isora hatte grüne augen ein glänzgrünes grün wie
eine fliege im august auf einem thunfischsalat-sand-
wich am strand von teno wie eine leere weinflasche
isoras großmutter wurde wütend und sagte ich mach
dich von innen leer ich leer dich aus heute trink ich
dein blut du drecksbrut isora hatte runde brüste die
aufplatzten wie wenn die erde eine blume ausspuckt
erst klein dann groß die trockene erde ihrer brüste
und dehnungsstreifen die brust passte nicht in die
haut und isora weinte hatte haare auf der mimi und
manchmal rasierte sie sich bis zum poloch und dann
kratzte es im po isora hatte feste dichte schwarze
haare an der mimi wie der kunstrasen der landhäuser
isoras haar roch nach maismühle und nach gerösteten
mandeln nach süßem brot isora näher kommen zu
sehen machte mich ruhig wie wenn ich den eintopf

köcheln hörte mittags um halb eins isora hatte dicke finger und fingernägel die aussahen wie von einer ziege abgekaut manchmal sah ich wie sie nach dingen griff nach der gabel wie sie die seiten im schulbuch streichelte die sich seltsam anfühlten und glänzten wie sie etwas auf der ladentheke in das anschreibebuch notierte und ich bekam lust ihr wehzutun ihre hand zu nehmen und zu drehen bis die finger abfielen und sie keine hände mehr hatte manchmal hasste ich sie und wollte sie zerstören isora hatte knallrote lippen es sah aus als hätte ihr jemand eins auf den mund gegeben ich küsste sie hinter dem kulturzentrum auf das rot isora war meine beste freundin ich wollte sein wie sie ich hatte braune augen eins dunkler als das andere und das andere heller als das eine nach meiner geburt dachte meine mutter ich wäre blind und rannte zum arzt um ihn zu fragen ich hatte fast keine haare auf der mimi und meine mutter erlaubte mir nur sie mit einem trimmer zu stutzen ich wollte sie aber rasieren mit der rasierklinge meines vaters aber mein vater ließ mich nicht isora sagte was für ein glück dass du keine titten hast und die jungs dich nicht auslachen shit shit sie sagte shit zu mir weil kacke etwas wunderschönes war wie der nebel zwischen den kiefern isora sagte auf dem berg da gibt es hexen die mir von meiner mutter erzählt haben isora redete manchmal mit sich selbst manchmal schlief sie mit offenen augen und beschimpfte mich

im traum manchmal sahen wir uns im schlaf um drei
uhr nachts an der ladentür und wir waren gespens-
ter die ihre knochen berührten bei mondlicht isora
war wie eine calla-blüte sie war weich wie ein blü-
tenblatt war groß größer als ich saß auf einem felsen
auf einem felsen isora war feucht wie eine tuberose
pflichtbewusste schultern kleine ohren ein muttermal am kinn ein haar auf dem muttermal am kinn
das sehr klein war und erhöht wie ein vogel gekrallt
an die spitze ihres gesichts ein grübchen am kinn wie
eine pfütze die schlüsselbeine wie stacheln die spitzen knochen gefielen mir isoras organe obwohl ich
sie nicht sehen konnte mussten rund sein wie perfekte kugeln mir gefiel die innenseite ihrer arme weiß
und mit stachelchen weich und gleichzeitig rau isora
hatte einen pigmentfleck auf der pobacke sie sagte da
hat mich meine mutter mit der hand gestreichelt mir
gefielen ihre zähne die art wie die obere zahnreihe auf
die untere passte perfekte mechanik reine fast trans-
parente isora sie sagte orgasmus und ich dachte ein
kondom wäre die verbindung zwischen einer mimi
und einem schwanz ich wusste nicht wo die grenze
zwischen mir und isora war manchmal dachte ich
wir sind dasselbe mädchen isora trank kaffee mit sü-
ßer kondensmilch und milch wie die alten frauen sie
saugte die kondensmilch durch einen strohhalm ich
wollte isoras kopf einsaugen um sie in meinem körper zu haben wie das schwangere mädchen mit der

lilú-puppe die mit ihrem großen bauch in der tv-werbung war der große bauch darin der körper von isora darin isora wie sie mir von innen den bauch küsst ich hab isora zum fressen gern will sie aufessen und ausscheißen damit sie mir gehört die kacke aufbewahren in einer schachtel damit sie mir gehört meine zimmerwände mit der kacke streichen damit ich sie überall sehen kann und mich in sie verwandle ich will isora sein in isora drinnen sein isora isora wie sie ein glas milch mit gofio trinkt und sagt fack ju in mai laif isora wie sie mir mit ihren schuhen auf den kopf tritt isora wie sie mir mit ihren schuhen den kopf zerkratzt isora wie sie sagt shit schrei nicht so laut sei nicht so vulgär merkst du nicht dass meine großmutter dich hört

ZÄRTLICHKEITEN, DIE NOCH KEINER ERFUNDEN HAT

Wir hatten ein Heftchen mit Liedern von Aventura, Isora und ich. Isora sagte, dass es keine bessere Gruppe auf der Welt gab als Aventura. Ich dachte dasselbe. Wenn ich die Lieder von Aventura hörte, zuckte etwas wie ein Nerv in meinem Körper, als würden alle Organe mit einem Stab durcheinandergerührt und von ihrem Platz weggeschoben. Das ist die Wahrheit, sagte Isora immer, wenn wir einen Satz von Romeo hörten, der uns sehr gefiel. Das ist die Wahrheit, und sie befahl mir, die Liedtexte in unser HeFt MiT DeN LiEeedEeerN zu schreiben. Das Heftchen hieß das HeFt MiT DeN LiEeedEeerN, weil, als wir es von unterm Ladentisch bei Isoras Großmutter klauten, auf dem harten, mit braunem Stoff bezogenen Deckel ABRECHNUNG stand und Isora die Idee hatte, mit Tesafilm ein Stück Papier drüberzukleben und dem Heft einen schöneren Namen zu geben, mit großen und kleinen Buchstaben, so, wie wir im Messenger schrieben. Wir malten die Buchstaben mit einem blauen Glitzerstift, der immer mitten im Satz aufgab.

Isora hatte einen roten MP3-Player, rot und wunderschön wie eine rote Kirsche. Den hatte ihr der Cousin zweiten Grades aus Santa Cruz geschenkt, der immer Technik verschenkte. Isora hatte total Ahnung von Musik. Ihre Großmutter gab ihr Geld, damit sie sich am Busbahnhof CDs kaufen konnte, wenn sie zusammen in den Ort fuhren, und die Lieder, die es dort nicht gab, suchte sie im Computerraum online. Isora kann alle Texte von Aventura auswendig und manchmal hatte sie einen Anfall und sang mir vor, *si me enseñaste a querer, también enséñame a olvidar*, du hast mir beigebracht zu lieben, bring mir auch bei, alles zu vergessen, weil du, meine Kleine, du bist die, die ich liebe, wer heilt diesen Schmerz, den du in meinem Inneren zurückgelassen hast, als du gegangen bist? Als die Liebe erfunden wurde, hätte man eine Anleitung dazulegen müssen, um dieses Leid zu verhindern. Und sie stand auf, hielt kurz inne und sagte zu mir, Shit, schreib das ins HeFt MiT DeN LiEeedEeerN, und ich schrieb: als d liebe erfunden wurde, hätt man 1 anleitung dazulegen müssen, um d leid zu verhindern.

Ich glaubte, dass die Lieder von Aventura die Wahrheit über das Leben sagten. Und wenn Isora und ich die Sätze lasen, die wir in das HeFt MiT DeN LiEeedEeerN geschrieben hatten, sagten wir immer, dass wir das Heft ganz lange aufheben würden, und wenn wir groß wären, dann wüssten wir viel mehr über die Liebe als die anderen Leute. Manchmal, wenn Isora versunken MP3-Player hörte, fuhr ich mit dem Finger an den Sätzen entlang, die wir in unser Heft geschrieben hatten, und versuchte, sie auswendig zu lernen:

1 1 kuss bedeutet freundschaft sex u liebe egal an welchem ort in d welt u egal welche religion un *beso de su boca* – 1 kuss von ihrem mund schickt mich in den himmel u ich rede mit gott, fliege zu den sternen mit m1 gefühl

2 *cuando se pierde un amor* – wenn du 1 liebe verlierst ändert sich alles um dich rum und in d1 kopf aAlLlLeEsS

3 *ella y yo* – sie u ich 2 verrückte leben in 1 abenteuer bestraft von gott 1 labirinth ohne ausgang wo aus angst liebe wird

4 *papá me dijo que no llore por mujeres* – papa hat gesagt ich soll nicht wegen frauen weinen u wegen dir mach ichs trotzdem

5 *siendo mujeriego me iba bien el amor* – als frauenheld liefs gut für mich in d liebe jez wo es mir ernst is wird es bitter für mich und ich leideeeeee

6 *a un esclavo en el amor le pisotean el corazón* – einem

sklaven der liebe wird auf d <3 rumgetrampelt der
d liebt aber es nicht zeigt rennt auf den abgrund zu

7 liebe und sex sind nicht d gleiche

8 Ein Satz aus *Obsesión: disculpa si te ofendo pero es que*
soy honesto con lujo de detalles escucha mi versión – sry
wenn dich das trifft aber ich bin halt ehrlich hör
zu was ich zu sagen hab mit allen details will dich
mit schokocreme einreiben und vernaschen dich
in deiner fantasie in eine andere welt entführen
mein süüüßes <3!!! komm lass uns abenteuer erleben 1000 verrückte sachen machen ich zeig dir
zärtlichkeiten die noch niemand erfunden hat

Und ich blätterte zurück und fuhr wieder mit dem
Finger an den Zeilen entlang: *komm lass uns abenteuer*
erleben 1000 verrückte sachen machen ich zeig dir zärtlich-
keiten die noch niemand erfunden hat. Und dann schaute
ich Isora an und dachte, vielleicht könnte ich ihr
Zärtlichkeiten zeigen, die noch niemand erfunden
hatte, weil ich sie ja nicht so umarmen und strei-
cheln konnte, wie sich andere Mädchen umarmten,
vielleicht konnte ich mit der Hand an den Kniekeh-
len entlangstreichen oder mit den Fingern über ihre
schartigen Fußnägel fahren oder die Fleischwülste
berühren, die oben aus ihrer Unterhose quollen.

IHRE SCHRITTE AUF DEM ASPHALT

Es war noch etwas über einen Monat hin bis zum Dorffest und ich freute mich sehr auf die bunten Papiergirlanden, die zwischen den Straßenlaternen von Doña Carmens Haus bis zur oberen Ecke am Ende der Straße aufgehängt wurden, wo es schien, als würden die Kiefern mitfeiern. In diesem Sommer bettelte das Straßenfestkomitee jeden einzelnen Tag um Geld. Oma hörte sie auf dem Weg lachen, hörte sie näher kommen mit ihrem Auto mit den Lautsprechern und der Musik von Pepe Benavente, und sie schrie: Da kommt das Straßenfestkomitee!!! Und ich rannte raus, machte den Fernseher aus und schloss die Läden. Schnell, schnell versteckte ich mich im Schober und atmete ganz leise, damit sie nicht merkten, dass wir da waren, und uns nicht um Geld bitten konnten. Die paar Male, die wir nicht rechtzeitig reagieren konnten, weil sie die Musik ausgeschaltet hatten und wir sie nicht kommen hörten, klopften die Leute vom Straßenfestkomitee an die Tür und riefen, Almeriiiiinda, komm raus! Und Oma blieb nichts anderes übrig, als aufzumachen und ihnen die paar Kröten zu geben, die sie eigentlich zum Begleichen unserer Schulden der Woche im Laden aufbewahrt hatte. Manchmal, wenn sie nur zwei miserable Euros im Geldbeutel hatte, aber die vom Komitee den Fernseher gehört hatten, versteckten sich Oma und Onkel Ovidio im Heuschober und schickten mich an die Tür. Ich sah die Männer vom Komitee mit ihren gebräunten und verschwitzten Köpfen mit den Strohhüten und den roten Bändeln mit der Aufschrift *Dorada*, von ihren Handgelenken baumelten die Aluminiumwürfel, in die sie das Geld steckten, und sie sagten, Meinekleine, sag deiner Oma, sie soll rauskommen, und ich sagte mit panisch gelähmtem Mund, weil ich nicht gern log, nein, meine Oma ist nicht da, sie sollten an einem anderen Tag wiederkommen, und bevor sie reagieren konnten, schloss ich die Tür von innen ab.

An diesem Abend war das Straßenfestkomitee die Häuser des Viertels abgelaufen und hatte sämtliche Nerven voll pulverisiert. Ich spielte auf der Kreuzung, wo meine Straße auf den Paso del Burro traf, mit einem verrosteten Fahrrad mit sehr harten und scharfkantigen Pedalen, die mir die Schienbeine zerkratzten. Oma kam raus auf die Straße und sagte, ich solle Aufschnitt und Eier holen. Auf Höhe der Kreuzung sah ich Isoras Silhouette am anderen Ende des Wegs. Ich mochte es, wenn ich sie näher kommen sah, wenn ich ihre Schritte auf dem Asphalt spürte und der Boden bebte. Ich musste sie nur sehen, am Ende der Straße, wo es steil wurde, wo der Weg fast vertikal verlief, und mich überfiel eine heftige Freude. Wie wenn man nach vielen Jahren im Meer badet. Sie pulte sich die ganze Zeit ihre Unterhose aus der Poritze und lief dadurch im Rhythmus einer fußlahmen Ente. Von da oben rief sie mir zu, Shiiiiiiit! Und ich winkte ihr zu.

Wir liefen hopsend die Straße runter, weil Isora die Idee gehabt hatte, dass man so vielleicht schneller vorankam. Das Blöde am Schnellvorankommen war, dass bremsen manchmal sehr schwierig wurde, weil es so steil bergab ging, dass uns der Körper zwang, weiter bergab zu laufen. Etwa auf Höhe von Melvas Haus trafen wir Ayoze und Mencey, zwei Jungs, die ein Jahr jünger waren als wir, aber sehr aufgeweckt. Sie spielten Ball und mussten dauernd die Straße runterrennen, weil der Ball ihnen abhaute, manchmal bis unterhalb der Kirche. An dem Tag spielten sie auf dem Weg, aber die meiste Zeit spielten sie in dem Garten, den wir Colledsch-Football-Club nannten, eine Art improvisiertes Fußballfeld in einem der Gemüsegärten hinter dem Wasserbecken. Wie alles in unserem

Viertel war der Colledsch-Football-Club-Garten ebenfalls abschüssig. Die Jungs versuchten, das Gelände einzuebnen, indem sie Kiefernreisig und Steine an den tiefsten Stellen aufschichteten, aber wenn es regnete, ging alles in den Arsch. Nach einer langen Ära der Ungerechtigkeit entschieden sie schließlich, dass die Tore der Mannschaft, die auf der weniger steilen Seite spielte, doppelt zählten. Mädels, wollen wir vielleicht Arschklatschen spielen?, fragten sie uns, als sie uns auf der Straße bergab hopsen sahen. Ich blieb stehen, aber Isora hopste weiter und rief von weiter unten, nein, wir spielen unsere eigenen Spiele. Ich bewunderte Isoras Fähigkeit, Nein zu den Leuten zu sagen. Sie hatte keine Angst davor, nicht mehr gemocht zu werden. Sie sagte, worauf sie Lust hatte, sobald es ihr einfiel. Ich drehte mich um und folgte ihr, huschhusch, weil ich Angst bekam, dass die Jungs uns den Ball hinterherkicken würden, weil sie gemein waren, und als ich Isora einholte, bremste ich, indem ich die Schuhe gegen den Asphalt presste. Isora drehte sich um und pulte sich die Unterhose aus der Poritze, außer Atem und mit knallrotem Gesicht sagte sie, Shit, hast du schon mal den Schniedel von Sinson gesehen, wenn er ihm rausguckt? Sieht der nicht aus wie ein roter Lippenstift?

SCHLANK WIE EIN WINDHUND

Mispeln aus Omas Garten
Sauerkleesträußchen
Zeichnungen vom ausbrechenden Volkan
eingelegte Feigen
aus den Gärten geklaute Kartoffeln
Kirschen und Mirabellen
Maulbeerblätter für Seidenraupen (falls die Leute
    Seidenraupen hatten)
alte BABY-born-Kleider, die man für echte Babys
    nehmen könnte
Heiligenkerzen
Heiligenbildchen
Kaktusfeigen in Weidenkörben
Chorizo-Sandwiches
Wasser aus dem Brunnen
geklaute Petersilie

Mandeln vom Straßenrand

Joghurtkuchen von Isora

Schokoladenkuchen von Isora (wenn er was
  geworden war)

Werbeblättchen vom Großmarkt HiperDino

Zeichnungen vom Volkan mit Zauberer

Zeichnungen von Kindern, verkleidet als Zauberer

geklaute Bananen

Zeichnungen von Bananen im Zaubererkostüm,
  die auf dem Volkan tanzen

erfundene kanarische Sachen, die den Touris
  gefallen

All das wollten Isora und ich verkaufen, um einen
Megaballon zu bekommen, wie sie sagte. Einen Megaballon, weil sie im Laden gehört hatte, und im Laden hörte man viele Sachen, dass eine Frau, die
unterhalb der Kirche wohnte, ziemlich weit unterhalb der Kirche, ich wusste überhaupt nicht, wo das
sein sollte, weil ich mich unterhalb der Kirche gar
nicht auskannte, um die zweihundert Kilo gewogen
hatte und einen Megaballon in den Magen bekommen hatte, und dann hatte sie total abgenommen,
bis sie ganz schlank war, so schlank wie ein Windhund. Isora sagte, das hätte sie frühmorgens im Laden gehört, als sie ihrer Großmutter beim Auffüllen
der Regale geholfen hatte, und weil es sie so sehr be-
eindruckt hatte, war ihr eine Dose Rindfleisch auf

den Boden gefallen, und Chela hatte sie angeschrien, bist du dumm oder was? Du bist doch halb behindert, schau dich doch an, du bist ja nicht ganz dicht. Sie erzählte mir, sie hätte das Fleisch aufgehoben und ihr wäre in den Sinn gekommen, einfach so als Idee, wenn sie genug Geld in der Sparbüchse hätte, um einen Megaballon zu kaufen, dann könnten wir endlich superschlank sein, und zwar für immer, und die Bitch würde sie nie wieder auf Zwiebeldiät setzen oder Ananasdiät oder Zitronensaftdiät oder Apfelsaftdiät, nie wieder.

Einige Sachen kriegten wir verkauft. Die Mispeln aus Omas Garten, die Sauerkleesträußchen, die Zeichnungen vom ausbrechenden Volkan, die Isora gemacht hatte, die gelben Feigen, die Heiligenkerzen, die wir Oma aus dem Schuppen geklaut hatten, die Kaktusfeigen, für die Onkel Ovi mit einem Schrubber gegen die Stacheln bewaffnet in die Kakteen gekrochen und völlig zerstochen rausgekommen war, er hatte sogar in den Augenlidern Stacheln von den Kakteen gehabt, die Petersilie vom Straßenrand verkauften wir auch und die Zeichnungen vom Volkan mit Zauberer und von den Kindern im Zaubererkostüm und die Bilder von Bananen im Zaubererkostüm, die auf dem Volkan tanzen, alle diese Bilder hatte Isora gemalt und unten rechts unterschrieben, als wäre sie eine berühmte Künstlerin, BY ISORA, und auch die Werbeblättchen von HiperDino, vor allem die von HiperDino, die hatten wir im Zimmer von Onkel Ovidio gefunden, ein riesiger Stapel Werbemagazine neben einem Riesenstapel *Hola*-Zeitschriften, wo immer die ganzen berühmten Leute drin waren, die Isora alle mit Namen kannte und ich nicht.

Als Erstes gingen wir zu den Landhäusern und versuchten dort, ein paar Werbeblätter von HiperDino zu verkaufen und ein Sträußchen Sauerklee, aber uns machte der Typ die Tür auf, der sich um den Garten kümmerte, und er sah den ganzen Kram, den wir dabeihatten, und sagte, was zum Teufel habt ihr da, das ist doch alles Schrott, und er schickte uns weg, wir sollten dahin verschwinden, wo die Sonne nicht scheint. Isora hatte die Idee, uns auf die Kreuzung zu stellen, für den Fall, dass Autos mit Ausländern auf dem Weg nach oben vorbeikamen, dann sagten wir, tipical canary island, und zeigten auf die Kaktusfeigen und die Werbung von HiperDino, und sie waren ganz bestimmt bescheuert genug, uns was abzukaufen. Nachdem wir eine halbe Stunde neben der Steinmauer der Gemüsegärten an der Kreuzung gesessen hatten, neben einem Stein, auf dem wir die erfundenen kanarischen Produkte drapiert hatten, sagte Isora, Shit, mir ist langweilig, lass uns runtergehen. Und wir gingen bergab zu dem kleinen Platz zwischen dem Haus der Schwulen und dem Haus von Doña Carmen, wo für mich die Zone der Reichen war, der Leute vom Nachbarschaftsverein, vom Straßenfestkomitee, und ich wollte immer neben Isora wohnen, um in der Nähe von Kulturzentrum und Bar und dem Kirchenvorplatz und dem Zimmerchen des Komitees zu sein. Schon von Weitem schrie Chela uns entgegen, was ist das für Kernschrott, den ihr da anschleppt? Und Isora antwortete ganz leise, mit aufeinandergepressten Lippen und vor Hass blitzenden Augen, fack ju, Bitch, ich hoff, du frisst endlich mal Shit.

Auf Höhe der Bar sagte Isora, wir sollten lieber gleich zu Doña Carmen, sie hatte keine Lust auf Antonios Bar. Wir fingen an, das Lied *La Boda* von Aventura zu singen, die Hochzeit. Shit, wenn ich heirate, dann trag ich ein langes Kleid, wo die Leute über die Schleppe fallen, wenn ich in die Kirche reingehe, sagte sie plötzlich. Als wir bei Doña Carmen ankamen, lief im Fernsehen *Die Frau im Spiegel*, aber nicht etwa, weil es gerade ausgestrahlt wurde. Der Sohn von Doña Carmen, der mit seiner Freundin nach Los Silos gezogen war, hatte ihr einmal eine Folge aufgenommen, als er zu Besuch da war, und manchmal ließ Doña Carmen das Video laufen, um etwas zu fühlen, wie sie sagte. Doña Carmen machte gerade den Abwasch und fühlte die Telenovela, und wir kamen rein, um wie zwei Hunde alles zu beschnüffeln. Wir platzierten alles, was wir zum Verkauf dabeihatten, auf dem Küchentisch. Ach, nein, meine Kleinen, ich hab ja nicht einen Groschen, sagte Doña Carmen sehr traurig zu Isora. Und ihr habt keinen Hunger, meine Lieben? Wollt ihr ein paar hübsche Kartöffelchen, von den kleinen, mit Spiegelei? Schaut mal, was ich für schöne kleine Kartöffelchen habe. Ein Fitzelchen würd ich schon essen, sagte Isora.

Am Ende fraßen wir uns so voll, dass ich meinen Hosenknopf aufmachen musste, um weiter Luft zu kriegen. Doña Carmen räumte unsere blitzsauberen Teller ab, weil wir sogar das Wasser vom Ei bis auf den letzten Tropfen aufgeschleckt hatten. Die Teller von Doña Carmen waren die gleichen wie die von meiner Oma, weiß mit gelb-grüner Borte, die man im Einkaufsladen mit den Punkten vom Schinken geschenkt bekam. Shit, hier tut es mir total weh, sagte Isora ganz leise. Sie sagte es mit ganz leiser Stimme und zeigte dabei auf ihren Magen. Doña Carmen redete mit sich selbst über ein Huhn namens Lanegrita, das keine Eier legte. Isora ging schnurstracks ins Bad. Ich saß gelähmt auf meinem Stuhl. Ich sah Doña Carmen an. An ihren Schuhen war die Sohle kaputt, ihr Jogginganzug, ihr Pullover und die Schürze waren voller Bleicheflecken und Ziegenkacke. Ein Dutt hielt ihr weißes Haar zusammen, darüber eine grüne Mütze von Futtermittel González León. Doña Carmen war wie an einem anderen Ort und ich wollte einen Moment lang auch dort sein, an diesem anderen Ort. Es hieß, sie hätte den Verstand verloren, als ihr Mann von einem Gerüst gefallen war und sich wie ein Kaninchen zerlegt hatte. Wie ein Kaninchen mit raushängenden Eingeweiden. Ich hörte die Klospülung aus dem Bad. Mir fiel ein, wie mich meine Mutter immer fragte: Und wenn Isora sich einen Abhang runterstürzt, stürzt du dich hinterher? Isora kam zurück und setzte sich an den Tisch. Ihre Kleider waren nass und die Haare zerzaust. Meine Kleine, ist dir nicht kalt?, fragte Doña Carmen. Ich seh schon aus, als wär ich krank, den ganzen Tag dick eingepackt, ich hab ja mehr Klamotten am Körper als wie Haut. Isora atmete heftig und rieb sich die Hände über das nasse Shirt. Ihre Augen, grün wie Trauben, traten aus den Höhlen und sie war auch wie in einer anderen Welt, an einem anderen Ort, so ähnlich wie der von Doña Carmen. Und ich war da, saß auf dem Stuhl mit vollem Bauch, vollgestopft mit Ei und Kartoffeln, und sah Isora zittern wie eine vergiftete Maus.

SICH RUBBELN

Am Stuhl in der Schule, so, wie wenn sich Tiere mit dem Fell in Kacke wälzen, sich an verwesenden Fröschen rubbeln, so rubbelten wir uns an den Stühlen in der Schule. Und die Kinder folgten dem Unterricht, es war eine kleine Gruppe mit nur einem Lehrer für zwei Stufen und wir hatten die Kinder aus der ersten links und die aus der zweiten rechts im Klassenraum und der Lehrer erklärte erst der einen Hälfte etwas und dann der anderen und wir hörten auch die Erklärungen für die Größeren. Deswegen lernten wir Sachen, die eigentlich noch nicht dran waren, und wir konnten dreistellig teilen und uns am Stuhl rubbeln wie die Schweine am Mist, am Pferdemist. Danach stanken wir nach Mimi, die ganze Klasse stank nach Mimi, und die Klamotten der Kinder stanken nach Mimi und der Lehrer und die Hände vom Lehrer, weil er die Kreide anfasste, die wir auch angefasst hatten.

Der Tisch vibrierte wie ein Erdbeben, das einen Volkanausbruch ankündigte, der Volkan brach aber nie aus, er brach nie aus. Wie einmal, als der Bürgermeister im Fernsehen war und zu uns sagte, bleibt ruhig, liebe Bürger, Ruhe bewahren, weil es viele Erdbeben gab, die alles zum Vibrieren brachten, und wir Angst hatten, dass uns der Volkan über unseren Köpfen ausbrechen könnte. Ich dachte, wenn er ausbricht, würden wir am Strand von San Marcos in ein Boot steigen und nach La Gomera fahren.

Wenn also der Tisch vibrierte wie ein Erdbeben, wenn der Tisch vibrierte wie ein Erdbeben, das den Volkanausbruch ankündigte, wusste ich, dass sich Isora am Stuhl rubbelte, und ich machte es ihr nach und rubbelte mich auch.

Am Anfang rubbelten wir uns selten und heimlich. Aber dann, als wir erfuhren, dass der Volkan möglicherweise ausbrechen konnte, rubbelten wir heftiger und öfter. Und wir redeten den ganzen Tag davon, uns zu rubbeln. Wenn wir schon sterben würden, wäre es doch das Beste, so viel wie möglich zu rubbeln.

Seit wir klein waren, rubbelten wir gerne. Im Sommer, wenn es wenig zu tun gab, rubbelten wir uns noch mehr und öfter. Wir benutzten die Nähte unserer Kleidung, um uns an den Jogginghosen zu rubbeln, die an den Oberschenkeln abgeschnitten waren und die wir im Sommer trugen. Wenn wir malten, schoben wir uns die Wachsmalstifte in die Unterhose, und wenn wir mit BABY-born-Puppen spielten, steckten wir sie uns auch in die Hose. Wir rubbelten uns an den Köpfen der Barbies, an den Haaren der Barbies, und alles roch nach Mimi, nach den kleinen Krabben, die über die Felsen rennen, nach Salzwasser, das in Pfützen trocknet, nach dem Salz, das oben auf den Pfützen zurückbleibt und das später zur stinkenden Kruste wird, hart wie Schiefer. Und manchmal gab es Filzstiftflecken auf unseren Kleidern und die Kugelschreiber liefen aus, aber wir machten weiter bis zum Schluss, immer bis zum Schluss, und dann überlegten wir, was wir unseren Müttern erzählen würden, und Isora fiel ein, dass sie gar keine Mutter hatte, und wenn sie eine hätte, dann würde ihr bestimmt schlecht werden, wenn sie uns so beim Rubbeln erwischte.

Und wenn wir fertig waren mit dem Rubbeln, schickte mich Isora beten und ich bisebisebise, mit lauter Farbflecken auf den abgeschnittenen Jogginghosen, wie ein Regenbogen zwischen den Beinen, ein Regenbogen, der bis über den Meereshorizont reichte, nach dort hinten, wo sich die Wolken mit dem Wasser vermischen, und alles war grau und nur unsere Mimis waren noch da und pulsierten wie das Herz einer Amsel unter der Erde, wie eine Samenkapsel, die kurz davor war, das Zentrum der Welt zu sprengen.

MEINE HEILIGE MIT WUNDEN AN DEN KNIEN

Wenn die Telenovela vorbei war und wir uns die Stirn an den Wolken stießen, wurde Isora ganz seltsam traurig, als wäre sie weit fort, ihre Traurigkeit war wie ein Hämmern, wie ein Specht, der Holz durchlöcherte, pickpickpickpick, und sie sagte immer wieder, ich will mir das Leben nehmen, ich will sterben. Das sagte sie genau so, mit diesen Worten, als wäre sie fünfzig und nicht zehn.

Wir rannten und rannten mit nackten Beinen. Zwischen Brennnesseln, Disteln und wilden Artischocken. Wir rannten und sprangen zwischen Kirschbäumen, Birnbäumen, Apfelbäumen herum, die unreifen, sauren Äpfel verbrannten uns den Gaumen. Abgetriebene Mispeln auf dem Boden. Wenn uns die Traurigkeit ansprang, aßen wir grüne Brombeeren und warme Birnen, bis wir Durchfall bekamen. Durchfall, Durchfall, Durchfall, wir wollten immer Durchfall haben. Wir wischten uns mit der Zungenspitze die Spinnweben aus dem Gesicht. Wir berührten versehentlich unsere Mimis. Wir rubbelten.

Traurigkeit und sich den Finger in den Po stecken. Traurigkeit und sich den Gartenschlauch in den Po stecken, den Po gießen wie eine Kürbispflanze. Sich den Gartenschlauch in den Po stecken, um mit Druck kacken zu können, besser, schneller, um schlanker zu sein als eine Bohnenstange.

Wenn wir weinen mussten, spielten Isora und ich gerne Drehen, bis uns schwindelig wurde. Wir hielten uns an den Schultern fest und fielen zusammen auf den Boden, verletzten uns die Hände, die Ellenbogen, die Schienbeine. Danach leckten wir uns das Blut mit der Zunge ab, wie damals, bevor Opa mit der Deutschen durchgebrannt war und Oma mit allen Schulden allein gelassen hatte, da hatte mir Opa erzählt, dass der heilige Antón einen Hund gehabt hatte, der ihm die Wunden heilte, als er fast gestorben wäre. Ich träumte davon, Isoras Traurigkeit zu heilen, ich wollte, dass ich ihr Hund war und sie meine Heilige mit Wunden an den Knien.

Isora und ich waren einmal auf dem Fest des heiligen Antón, das ein Viertel weiter in El Amparo stattfand. Da wir keinen Hund hatten, den wir mitnehmen konnten, weil uns niemand seinen auslieh und weil die ausgesetzten und völlig verwahrlosten Straßenhunde sich nicht einfangen ließen, hatte Isora die Idee, eine Katze mitzunehmen. Wir holten eine der halb wilden Katzen von Oma und banden ihr eine Schnur um den Hals. Als wir auf den Festplatz kamen, waren da Wellensittiche, Maultiere, Pferde, Frettchen, Ziegen mit so großem Euter, dass es auf dem Boden schleifte. Die Jungs auf ihren Motorrollern machten einen Lärm wie von Millionen Fliegen auf einem Fleck, und plötzlich fing die Katze an, vor Schreck die Mauern am Platz hochzuspringen. Die Augen traten aus den Höhlen, weil wegen der Schnur um den Hals nicht genug Sauerstoff ins Gehirn kam.

An solchen Tagen, an denen Isora sterben wollte, fühlte ich mich auch so, als wollte ich sterben, und sie sagte mir, dass die beste Art zu sterben so geht, dass man die Badewanne bis oben hin mit warmem Wasser volllaufen lässt und sich dann die Pulsadern aufschneidet. Ich fragte mich, woher sie so viele Dinge wusste, die ich nicht wusste, und dann wurde ich traurig, weil ich dachte, dass meine Traurigkeit gar nicht meine eigene war, dass ich ihre Traurigkeit spürte, bloß in meinem Körper, eine wie nachgemachte Traurigkeit, zwei verdoppelte Traurigkeiten, die falsche Hülle einer Traurigkeit, das war ich, weil ich keinen Grund hatte, traurig zu sein, und deswegen einen erfand.

Manchmal machte die Traurigkeit Isora stumm. Es vergingen dann viele Stunden, ohne dass sie ein

Wort sagte. Sie setzte sich in eine der Ecken im Keller vom Laden, genau da, wo eine Wand die nächste umarmte, und blieb dort und starrte, ohne etwas zu sehen. Ihre Augen waren zwei Flecken, zwei grüne Fliegen, die in einem Zimmer herumschwirrten, das nach Wein stank. Ich langweilte mich sehr, aber ich ging nicht weg, ich blieb bei ihr und lauschte ihrem Schweigen. Wie wenn sich Ehemänner zum Fußballschauen hinsetzten und die Frauen dabeisaßen, obwohl es sie nicht interessierte, weil die Männer traurig sind wegen ihres Lebens und wegen der Arbeit im Süden, und man muss bei ihnen bleiben, weil es eben Pflicht ist.

DAS GESICHT VON JESUS CHRISTUS

Bei Isora im Haus gab es zwei Stockwerke. Oben war die Wohnung, wo sie früher gewohnt hatten. Unten war ein großer Raum, den sie zum neuen Wohnraum umfunktioniert hatten. Im oberen Stock war alles zentimeterdick eingestaubt, sodass alle Gegenstände doppelt so groß wirkten. Chela fand es nicht gut, wenn wir oben herumschnüffelten, sie wollte alles genau so bewahren, wie es war, bevor man ihre Tochter gefunden hatte. In einer der Schubladen im Zimmer von Isoras Mutter lagen noch ein paar Unterhosen, die sie früher getragen hatte. Manchmal holte Isora sie raus und fasste sie an oder trug sie von Zimmer zu Zimmer spazieren. Wir spielten, es wären Unterhosen, die wir im 99-Cent-Laden im Ort kauften, und ich sagte ihr, welche Größe ich wollte und ob es ein Geschenk sein sollte, wir haben kein Geschenkpapier, meine Liebe. An einem Sommertag, als wir die Unterhosen rausholten, fragte mich Isora, ob ich etwas machen wollte. Was denn, fragte ich zurück. Ein Spiel mit den Unterhosen, antwortete sie. Mir machte es große Angst, die Unterhosen ihrer Mutter rauszuholen, denn wenn ihre Großmutter reinkam, würde sie ihr den Kopf abreißen. Sie sagte, komm, bitte, lass uns die Unterhosen von meiner Mutter anziehen. Ich überlegte nicht lange, wir zogen uns beide nackig aus wie die Tiere und streiften die Unterhosen über, ihr passten sie mehr oder weniger, bei mir rutschten sie die ganze Zeit an den Beinen runter. Sie sagte, leg dich hin, leg dich aufs Bett, und ich hatte ein bisschen Angst, weil ich nicht wusste, ob die Toten es gut fanden, wenn man ohne Erlaubnis ihr Bett benutzte, geschweige denn mit ihrer Unterwäsche am Körper, aber ich legte mich hin und das Kopfstück, wo das Gesicht von Jesus Christus ins Holz geschnitzt war, klapperte gegen die Wand und Isora legte sich auf mich und das Kopfstück klapperte wieder. Ich spürte das Gewicht ihrer Brüste, und es fühlte sich an, als wüchse mir da unten in meinem Körper etwas Warmes, wie ein kochender Eintopf, der aus dem Bottich spritzt, und wir rollten übers Bett, auf die eine Seite und auf die andere, eng umschlungen wie zwei raufende Katzen am Abend, und wir rollten nach rechts, bis das Bett auf der Seite zu Ende war, und dann nach links, und wir waren umschlungen, obwohl wir nicht solche Freundinnen waren, die sich umarmten oder küssten. Plötzlich hörten wir auf, ich lag auf ihr, und ohne zu überlegen, rieb ich meine Unterhose ein bisschen an ihrer und sie rubbelte ihre an meiner. Ich war außer Puste. Einen Moment lang stellte ich mir vor, ich wäre ihre Mutter, sie wäre mein vierzig Kilo schweres Baby, das mir die Haut zerfetzt hatte, als ich es gebären musste. Ich dachte, ich will sie nur beschützen, mich um sie kümmern und ihr ein Fläschchen mit Milch und warmem Gofio geben, und ich schaute ihr in die Augen. Isora wandte den Blick ab. Sie sagte, Shit, gehen wir runter, die Bitch wird sonst bestimmt sauer.

AN DEM TAG GAB ES NUR KOHLEINTOPF

Bei Isora zu Hause gab es immer ein Durcheinander an Resten. Gelben Reis mit Muscheln in Soße mit gesalzenem Fisch und Kartoffeln mit Ei und Bratkartoffeln mit Zwiebeln aus den Salzkartoffeln vom Vortag, Rancho-Eintopf mit Brunnenkresse und Kartoffeln mit Rindfleisch, alles vermischt. Bei Isora zu Hause gab es immer ein Durcheinander an Resten, aber an dem Tag nicht, an dem Tag gab es nur Kohleintopf. Das Licht von der Straße fiel durch das kleine Fenster in Chelas Küche durch einen rot-weiß karierten Vorhang, und hin und wieder hörte man Sinson, wie er Autos anbellte, die durch das Viertel hochfuhren, was nur alle tausend Jahre mal passierte. Der Kohleintopf stand schon auf dem Tisch und dampfte. Ich mochte Kohleintopf überhaupt nicht und noch weniger, wenn Gofio draufgestreut war. Aber Isora liebte ihn, und wenn sie den Eintopf mit Gofio aß, dann machte ich das auch. Bei Chela war es nicht so wie bei meiner Oma, hier musste man alles aufessen, es durfte nicht mal ein Fingernagel übrig bleiben, der Teller musste blitzblank ausgekratzt werden, und wenn auch nur ein Fitzelchen übrig blieb, kam Chela mit dem Löffel von hinten und stopfte es uns in den Mund, auch wenn es längst kalt war, und sie klopfte mit der flachen Hand auf die Tischplatte aus Pressspan und das klang wie ein Erdbeben und sie sagte, keiner verlässt den Raum, bis das nicht aufgegessen ist, und denkt nicht mal dran, mich zu verarschen. Chela gab Isora immer einen kleineren Teller als mir, weil sie sagte, Isora frisst ja für drei und man muss sie unter Kontrolle halten, sonst gerät ihr Appetit völlig außer Rand und Band. Isora aß den Eintopf schnell auf, ganz schnell, und dann schaute sie mir zu, wie ich meinen aß. Mein Gesicht war ganz verkniffen davon, dass ich diese kalte, zermatschte Pampe essen musste, in die sich der Eintopf verwandelt hatte, nachdem ich so viel Gofio reingeworfen hatte, damit es nach nichts schmeckte, und ich musste dauernd Wasser trinken, weil ich mich sonst verschluckt hätte.

Als ich den Teller Eintopf leer gegessen hatte, musste ich furchtbar dringend kacken, der Kohleintopf lag im Magen wie fünf Säcke Zement, aber mir machte es Spaß, die Kacke einzuhalten, besonders wenn wir mit Barbies spielten. Das Druckgefühl im unteren Rücken machte mich glücklich. An dem Tag spielten wir mit den Barbies ein Spiel, das bestimmt fünf Stunden dauerte. Eine Geschichte verzahnte sich mit der nächsten und am Ende hatten sämtliche Barbies zwanzig Kinder bekommen, alle von verschiedenen Männern, die nach und nach auf verschiedenste Weise ums Leben kamen. Sie stürzten einen Abhang hinunter, fielen in einen Kaninchenbau, wurden von den eigenen Brüdern erdrosselt oder von den Barbies verbrannt, weil die Barbies die Kartoffeln auf dem Herd vergessen hatten, oder sie waren verhungert und verdurstet. Beim Barbies-Spielen versuchten Isora und ich immer, die Telenovelas oder die Lieder von Aventura nachzuspielen, und deswegen gab es so viele Katastrophen.

Als wir schon eine Weile am Spielen waren, konnte ich den Druck im Po nicht mehr aushalten, aber ich strengte mich an und hielt es noch ein bisschen zurück, bis das Spiel fast zu Ende gespielt war. Ich sagte, Iso, ich scheiß mir in die Hose, und sie sagte, dass ihre Großmutter nicht erlaubte, dass ihre Gäste das Klo zum Kacken benutzten. Wenn Isora mir solche Sachen sagte, tat sie das entweder, um mich auf die Probe zu stellen, oder weil es stimmte. Aber ich scheiß mir in die Hose, es läuft schon die Beine runter, sagte ich und sie fing an nachzudenken, wie es die alten Männer machen, und ließ mich in einer Ecke sitzen, mit dem Kackestift schon an der weißen Unterhose mit den blauen Margeriten drauf. Sie kam mit einer leeren Lakritzschachtel zurück, von der Lakritze in allen Regenbogenfarben, und sagte, mach da rein, Shit. In die Winzschachtel?, fragte ich. Und sie sagte, ja, das passt schon. Und weil ich gleich platzte, ließ ich die Unterhose runter und hockte mich hin. Während ich in die leere Lakritzschachtel kackte, schaute mich Isora sehr ernst an, als würden wir gerade etwas sehr Wichtiges tun, von dem ich nichts wusste. Die Barbies waren alle über den Innenhof verstreut, lagen auf dem Sofa, auf dem Tisch, auf Ken drauf oder steckten in einer Plastikpalme, die an der Ecke stand, und ich war in ihrer Welt ein riesiges Monstrum, das in eine Lakritzschachtel kackte, in der Welt der Barbies. Als ich die Unterhose wieder hochzog, merkte ich, dass sie voller Kackflecken war, Nikotinflecken, wie mein Vater sie immer nannte, und ich sagte zu Isora, schau mal. Isora sagte, das macht nichts, Shit, ich mach dir eine Kompresse und du legst sie dir rein. Und sie ging ins Bad, holte eine Handvoll eingerolltes Klopapier und gab es mir. Sie sagte, leg es dir so rein, wie ich es mache, wenn ich meine Tage habe, aber hinten am Po. Ich machte es, ohne nachzudenken. Isora klappte die Schachtel mit der stinkenden Kackwurst drin zu und stellte sie hinter die Kühltruhen unten im Laden, wo die Hühnerflügel und die Garnelen aufbewahrt wurden, damit sie niemand finden konnte.

Es war fast August. Seit der Sache mit der Lakritzschachtel war ungefähr eine Woche vergangen. Die Schule war längst vorbei und ich hatte erst zwei Seiten aus dem Ferienaufgabenheft erledigt. Isora war fast fertig. An keinem einzigen Ferientag hatte bisher die Sonne geschienen, die Wolken waren wie ein Riegelschloss, das den Himmel versperrte, ein verrosteter Riegel, den man nicht mehr aufbekam. An dem Tag spielten wir vor dem Laden mit Isoras Fahrrad, Sinson und Gaspa gaben einander am Eingang zum Laden den Knüppel, wie meine Mutter immer sagte, und hin und wieder kam Chela heraus, um den Hunden vor dem Laden mit einem Schwall Wasser die innere Hitze zu löschen. Chela redete den ganzen Vormittag mit allen Leuten darüber, was das für ein elender Teufelsgestank sei, der sich im Laden festgesetzt hatte, irgendwo war bestimmt irgendwas gestorben, und die Leute, die darauf warteten, dass Chuchi ihnen ein bisschen Käse aufschnitt oder Schinken, waren nach kurzer Zeit genauso angeekelt und sagten, meine Güte, das riecht ja nach Verwesung, Chela, was zum Teufel ist das für ein Gestank?

Als Chuchi nach unten gehen musste, um eine Packung Hühnerflügel zu holen, die meine Oma mit ihrer wässrigen Soße zubereitete, kam sie in den Laden gerannt und schrie, dass der Gestank nach toten Sachen von den verdammten Kühltruhen kam, und Chela rannte nach unten.

Ich reiß dich bei lebendigem Leib in Stücke, Teufel noch mal! Ich leer dich aus! Ich trink dein Blut! Chela kam keifend die Treppe hoch und hatte die vollgeschissene Schachtel in der Hand. Isora, die gerade auf dem Fahrrad saß, stieg ab, warf das Rad in die Mitte der Straße und ließ es dort liegen. Sie rief mir zu, Shit, geh nach Hause, die Bitch ist fuchsteufelswild. Und weil ich einen Höllenschiss vor Chela hatte, ging ich, schnell, schnell, hoch zu meiner Oma.

Am gleichen Abend, als ich mit Oma in der Küche *Glücksrad* guckte, klingelte das Telefon und es war Isora. Sie sagte, Shit, ich hab Hausarrest und muss bis übermorgen im Laden arbeiten und die Bitch hat mich wieder auf Diät gesetzt, sie meint, der Haufen wäre wie von einem Maultier und ich würde zu viel fressen. Aber der Haufen war doch von mir, sagte ich. Ja, aber ich weiß am besten, wie ich die Bitch händeln kann. Und sie legte auf. Oma schälte gerade Kartoffeln für den nächsten Tag und aus dem Küchenfenster konnte man ein paar Feuerwerkskörper am Himmel platzen sehen, sie platzten, weil irgendein Dorf ein Fest feierte. Es waren Feuerwerkskörper wie riesige Sterne, die am schwarzen Himmel vibrierten.

ISO_PINKI_10@HOTMAIL.COM

In diesem Sommer meldeten Isora und ich uns für einen Computerkurs im Kulturzentrum an. Wir meldeten uns in Wirklichkeit nur deswegen an, weil wir über Messenger chatten wollten. Abends gab es kein einziges Plätzchen an den Computern, weil die Kinkis sie alle, alle belegten, und man kam schon fast nicht mehr rein, weil hinter jedem, der an einem Rechner saß, drei Zuschauer standen, die ihm über die Schulter guckten. Aber im Kurs konnten wir die Computer benutzen, solange wir wollten. Die Kurse liefen morgens früh, dienstags und donnerstags, und man musste nicht immer kommen, weil es den Lehrer nicht störte, wenn wir fehlten. Die Mütter schickten ihre Kinder zum Computerkurs, damit sie lernten, wie man Computer bedient, und deswegen waren Isora und ich da, und alle anderen waren

kleine Kinder, die nicht mal beim Messenger angemeldet waren. Wir waren eigentlich nur zum He-
rumblödeln im Kurs. Wir taten nur so, als würden
wir dem Lehrer zuhören, aber wir lernten nichts.
Der Lehrer trug immer ein dunkelblaues Hemd
mit Schweißflecken, dem Armen war immer viel
zu warm, egal wie das Wetter war, und er schrie wie
ein Esel, iaaa, iaaa, was für eine Hitze, sagte er, iaaa,
iaaa, wie verflucht heiß es doch ist. Der Lehrer im
Computerraum spuckte beim Sprechen, er war etwas dicklich und er spielte supergerne Schach oder
Dame, ich mochte keine Leute, die Schach spielten,
weil ich das Spiel nicht verstand und es mich misstrauisch machte. Am liebsten ließ der Lehrer uns
farbig verzierte Bordüren in Word gestalten. Am we-
nigsten gefielen ihm Scherereien, das wussten wir,
weil er es dauernd gebetsmühlenartig wiederholte.
Ich bin ein ruhiger Mensch und ich mag keine Scherereien, sagte er immer und immer wieder. Er war
ein sehr geduldiger Mann, wie Oma immer sagte.
Obwohl er wusste, dass Isora und ich schnell eine
Bordüre in Word hinschluderten und dann sofort in
den Messenger verschwanden, sagte er nichts, und
wenn er sah, dass wir das Messenger-Fenster offen
hatten, tat er, als hätte er nichts gemerkt, und erklärte weiter irgendwelche Funktionen in Word. Vor
einiger Zeit, als die Computer frisch im Kulturzentrum angekommen waren, ungefähr im März dessel-

ben Jahres, hatte ein Mädchen, etwa ein Jahr älter als wir, Zuleyma, die Tochter von Antonio mit der Bar, uns beide beim Messenger angemeldet. Isora gleich am ersten Tag. Am zweiten Tag war ich dran, aber ich musste warten, bis meine Eltern von der Arbeit kamen, um zu fragen, ob ich ein Benutzerkonto beim Messenger haben durfte, und weil sie sehr spät heimkamen, wäre ich fast mit Oma vor dem Fernseher eingeschlafen. Isora machte immer alles ohne Erlaubnis, weil ihre Großmutter sowieso nichts mitbekam und weil es ihr nichts ausmachte, gefährliche Sachen zu machen, ohne dass es die Erwachsenen mitbekamen, weil sie berühmt war und einen Laden hatte, und berühmten Leuten verzeiht man alles.

Isoras Benutzername war schöner als meiner. Ihrer war iso_pinki_10@hotmail.com und sie konnte viel besser damit umgehen als ich. Wenn wir in den Computerkurs gingen mit dem Lehrer aus dem Computerraum, war ich immer mit Isora an einem Rechner, weil ich in Wirklichkeit nichts von Computern verstand. Isora kapierte alles sehr schnell. Irgendwann hatte ihr Acaymo, einer der Kinkis, erklärt, wie man über Messenger mit Leuten von woanders chattet, und das hatte sie nie wieder vergessen. Ich schaute auf den Bildschirm wie eine Katze, die meiner Oma beim Braten von Hühnerflügeln zuschaut, was ich sah, gefiel mir sehr, aber ich kapierte nicht, was sie da machte.

An dem Tag meldete sich Isora im Terra-Chat an, als der Lehrer sich ein bisschen verzettelte, und fügte iso_pinki_10@hotmail.com zum Chat hinzu. Sofort hagelte es Chat-Anfragen im Messenger. So viele, dass der Computer hängen blieb. Ich wurde sehr nervös, weil ich fürchtete, der Lehrer könnte es bemerken, aber Isora lachte und sagte ganz leise zu mir, sei nicht bescheuert, Shit, sei nicht bescheuert, und fing an, einige der Fenster zu öffnen, die nur sie interessierten, weil meine Meinung nie irgendwas zählte, und sie fing an zu chatten.

> **isoritaputita:** halo
> carlossion: hi was geht?
> **isoritaputita:** alles schick und du?
> carlossion: alles ok mir is sooo heiß;)

Schreib, dass du kurz wegmusst, einen Furz lassen, und gleich wieder da bist, schlug ich vor. Aber sie reagierte nicht mal und tippte weiter.

> **isoritaputita:** ja voll heiß mir ist auch ganz heiß im schritt
> carlossion: echt? ich bin ganz heiß ...
> **isoritaputita:** woher kommst du?
> carlossion: mostoles und du?

Wo ist das denn?, fragte ich Isora. Ich glaub, das ist da bei Médano oder so, sagte sie. Ja, bei Médano. He, schreib ihm, ob er ein dreckiger Straßenköter ist oder was, fuhr ich fort. Und wieder wurde ich komplett ignoriert.

isoritaputita: ausm süden
carlossion: wie alt bist du?
isoritaputita: 25 und ich bin ne kleine drecksau
carlossion: haste ne cam?
isoritaputita: ich mach sie an wenn du sie anmachst
carlossion: ok
isoritaputita: ok

Wir hatten keine Webcam, er allerdings schon. Im quadratischen Chatfenster, wo man das Cross-Bike von carlossion sehen konnte, erschien ein riesiger Schwanz, wie ein mit Schokolade gefülltes Eclair mit viel Zucker obendrauf. Er war lila und voller Adern. Ich hatte so was noch nie gesehen und Isora machte sich fast in die Hosen vor Lachen, aber in Wirklichkeit wusste ich, dass sie ein bisschen Angst hatte. Ich versuchte, den Bildschirm abzudecken, und sagte zu Isora, dass sie es wegmachen sollte, weil der Lehrer schon anfing zu stottern.

carlossion: gefällt dir das kleine schlampe?

Ich konnte nichts dagegen tun, dass der Lehrer sich zu uns umdrehte und an unseren Arbeitsplatz kam.

> carlossion: ist ganz hart nur für dich ;)

Der Lehrer, völlig verschwitzt wie ein Schwein, sah den riesigen Schwanz von carlossion auf dem Bildschirm und wurde rot, knallrot, puterrot, wie Oma immer sagte, rot vor Wut, weil er ein friedfertiger Mensch war, der keine Scherereien mochte, und wir hatten ihn auf die Palme gebracht, den Armen.

> carlossion: bist du da?
> carlossion: gefällts dir?

Alle kleineren Mädchen und Jungs im Kurs schauten erschrocken auf unseren Bildschirm. Der Lehrer brachte uns zur Tür des Computerraums und sagte, wir hätten für den Rest der Woche Hausverbot. Ich fing an zu weinen und bat ihn darum, meiner Oma nichts davon zu erzählen. Als wir gingen, lachte Isora noch immer, aber ich war sehr sauer. Sie begleitete mich bis zu meiner Oma, aber ich sagte den ganzen Weg über nichts. Es war fast Essenszeit. Am Himmel war alles grau, nur Wolken, dunkle Wolken wie die Nacht. Es begann zu nieseln, als wir am Küchentisch vor dem Teller Dosenfleisch-Eintopf mit Nudeln saßen. Ich konzentrierte mich auf die Nieseltropfen am kleinen Küchenfenster und fühlte etwas wie Enge in der Brust. Herrgott, was für ein widerlicher Nieselnebel, sagte Oma. Das ist doch kein Sommer, das ist ein Scheißdreck, antwortete Isora.

carlossion: hallo?

DIE MUSIK VON PEPE BENAVENTE

Ich glaube, er hat gerade ein Organmus, sagte Juanita Banana. Wer hat was?, fragte ich. Der Priester, antwortete er. Alter! Und was soll das sein?, fragte ich. Julio (Juanito nannte seinen Vater immer beim Vornamen und sagte nie Papa) hat mir gesagt, wenn du eine Frau sehr liebst, dann bekommst du ein Organmus und sie kann dadurch schwanger werden. Sei nicht bescheuert, Juanito, sagte Isora, das passiert durchs Vögeln, nicht weil man verliebt ist. Als ich das Wort Vögeln aus Isoras Mund hörte, spürte ich so etwas wie ein Kribbeln unter den Füßen. Wir hatten den ganzen Nachmittag in den Gemüsegärten hinter der Kirche gespielt, vor Doña Carmens Haus, gleich neben dem Zimmer, wo sich das Komitee traf, um über das Programm für das Straßenfest zu reden und um das Geld zu zählen, das sie eingesammelt hatten, und um zu grillen und Wein zu trinken, all das, während die Musik von Pepe Benavente im Hintergrund lief. Es war sehr neblig. Doña Carmen saß mit einem Sonnenschirm auf einem Stein vor ihrem Haus und sah zu, wie ein Hund auf ihre Sträucher vor dem Eingang und die wild wachsende Hundskamille, die an den Steinbänken wuchs, und den Sauerklee an den Häuserecken und Wänden pisste und kackte, deswegen sagte mir meine Mutter immer, ich solle keinen Sauerklee vom Straßenrand essen, weil da die Hunde draufpissten. Wir hatten den ganzen Nachmittag Faulpelz gespielt, ein Spiel, das sich Juanita Banana ausgedacht hatte. Isora war die Mutter und ich der Vater von einem 15-jährigen Jungen, der den ganzen Tag Pornos schaute und Clipper trank und nichts machte, außer eben herumzufaulenzen. Wir schimpften die ganze Zeit mit dem Faulpelz, der auf ein paar Heuballen aus den Gärten herumlungerte, und immer und immer wieder hörten wir das Lied *El Polvorete* aus dem Zimmer des Komitees, bis der Nebel so unerträglich war, dass uns kalt wurde und wir die Flucht ergriffen. Wir trugen Flipflops und kurze Hosen und wir kamen voller Kletten und mit rabenschwarzen Fußsohlen aus den Gärten. Wir kamen am Zimmerchen des Komitees vorbei, und Isora nutzte die Gelegenheit, um den Vorsitzenden, der Tito hieß und einen vorstehenden Bauch hatte, der aussah wie ein Avocadokern, zu bitten, doch bitte dieses Jahr Tony Tun

Tun zum Straßenfest zu holen, weil ja die in Redondo ihn im letzten Jahr geholt hatten, hatte das doch bitte schön diesmal unser Viertel verdient. Schauen wir mal, ob die Knete dafür reicht, Mädchen, und wenn es nicht der wird, wird's ein anderer, antwortete er und gab jedem von uns ein Stückchen Fleisch mit etwas Brot und Juanita hopste glücklich bergauf bis zur Kirche und wir ihm hinterher. Als wir an der Balustrade angekommen waren, die den Kirchplatz von der Straße trennte, sah ich etwas in Isoras Blick, das ich sofort erkannte. Jemand in der Nähe trieb Schweinkram, immer wenn es Schweinkram zu sehen gab, hatte sie diesen Glanz in den Augen, einen Blick wie aus Glitzersteinchen. Isora sagte, hey, was hör ich da? Wir schielten zwischen den Säulen durch und merkten plötzlich, dass sich da jemand mit Chuchi, Isoras Tante, im Gras wälzte, aber wir konnten nicht erkennen, wer der Typ war. Zwischen Knutsch und Knutsch sahen wir sein Gesicht. Es war Damián, der Priesterschüler aus El Amparo, der etwa sechs Jahre jünger war als Chuchi und über den Isora immer lachte, weil sie sagte, wer Priester werden will, hat einen kleinen Schwanz, weil die Bitch immer sagte, Priester hätten kleine Schwänze.

Juanito wurde still und blass und rief nach einer Weile, aaaah, stimmt, ein Organmus ist nicht das Gleiche wie ein Kuss! Das wusste ich nicht mehr, stimmt ja, stimmt ja! Und er schlug sich mit den

115

Handflächen auf die Schenkel, während er sprach. Schhhhht, hey, sei still, Juanito, sagte Isora, siehst du nicht, dass sie uns gleich hören, und dann denken sie, wir würden sie beobachten!? Und Juanito führte die Finger zum Mund, als würde er seine Lippen mit einem Schlüssel abschließen, und er warf mir den unsichtbaren Schlüssel durch die Poritze zu und ich, hey, hör auf, du Nervensäge! Mach dich nicht lächerlich, blöde Kuh, antwortete er. Und Isora erzählte weiter, dass Zuleyma von der Bar ihr erzählt hätte, dass bei den Frauen nach dem Vögeln die Muschi pulsiert. Und sie sagte Muschi und nicht Mimi und ich fühlte mich ihr so fern. Diesen Satz schluckte ich nur mit Mühe runter, als hätte ich mich verschluckt, wie ein Stück Essen, das sich im Weg geirrt hatte, der falschen Fährte gefolgt war, wie meine Oma immer sagte. Ich merkte, dass Isora woanders war, an einem Ort, einem Eisberg, dessen Spitze ich nicht einmal ganz sehen konnte, und einen Moment lang hatte ich Angst, Angst, dass sie meine Unbedarftheit bemerken würde und ihr mein nickender Kopf und mein stummer Mund langweilig werden könnten. Hey, weißt du, was mir mein Bruder Goyo erzählt hat?, meldete sich Juanito zurück. Isora beobachtete aufmerksam, wie Damián, der Priesterschüler, und Chuchi weiter ihren Vergnügungen nachgingen. Er hat erzählt, dass die Jungs in der Schule den Pulli vorne hinhängen, damit man nicht sieht, wenn sie sich einen runterholen. Das ist ja eklig, sagte Isora. Und er hat mir auch erzählt, dass, wenn einem Mädchen das Auge juckt, dann liegt es daran, dass ein Junge an sie denkt. Isora schaute wieder zu ihrer Tante und pulte sich die Unterhose aus der Poritze. Plötzlich hatte sie Hummeln im Hintern und sie sagte, lasst uns gleich hochgehen. Und sie lief auf die Straße und kaute das letzte Fitzelchen Fleisch, das noch übrig war.

Auf Höhe des Ladens bat Isora Chela, sie solle uns ein Sandwich mit Chorizo und Käse machen. Sie gab uns die Brote und Juanita winkte Isora zum Abschied. Ich sagte nichts, weil es mir wieder sehr schwerfiel, Abschied zu nehmen, ich lief direkt auf die Straße und ging mit dem Brot in der Hand bergauf. Juanita folgte mir. Wir gingen am Straßenrand zurück nach Hause und spürten, wie Tröpfchen vom Himmel fielen, Juanita sagte immer wieder, dieser Niesel macht uns alle krank, der Niesel macht uns krank, als wäre er eine alte Frau von achtzig Jahren. Plötzlich sah ich ihn vor meinem inneren Auge als Erwachsenen, der im Süden auf einer Tomatenplantage arbeitete, fast glatzköpfig und mit einem einzigen schwarzen Zahn, ich stellte ihn mir traurig vor, mitten unter anderen Männern, die ihn auslachten, und er sagte die ganze Zeit, zieht euch was an, meine Lieben, zieht euch was an, dieser Niesel macht uns noch alle krank, wie eine alte Frau von achtzig Jahren, wie eine alte Frau.

DIE AUGEN SCHWARZ WIE DAS GEFIEDER EINER AMSEL

Es war der Tag der Jungfrau von Candelaria und es war wahnsinnig heiß. Der Himmel bestand aus Wolken und Staub. Ich dachte manchmal, wir wären schuld daran, dass so viel Dreck in der Luft hing: Die schwarze Wolkendecke, die den Himmel verstopfte, erschwerte das Atmen, und die Luft wurde so schwer, dass wir fast erstickten. Es war der Tag der Jungfrau von Candelaria, Isoras Lieblingstag, der Tag der Heiligen Jungfrau mit der dunklen Haut, die sie immer um den Hals trug und die sie sich in den Mund steckte, schlotzschlotz, die ganze Zeit. Ich holte sie bei Tagesanbruch ab und pflückte einen Strauß sehr gelben Sauerklee, den ich an einer Ecke vor Omas Haus fand. Es gab tatsächlich nicht mehr viele von den gelben Blüten, weil im Lauf des Sommers immer mehr davon austrockneten, und man musste bis zum Winter warten, damit alles wieder gelb und schön war und wir an den Blüten lutschen konnten wie die Zicklein am Euter, schmatzschmatz, so erfrischend.

Ich gab Isora das Sträußchen und sagte alles Gute und ich erzählte ihr, dass Saray mich auf Omas Nummer angerufen hatte, ob wir zu ihr kommen wollten, im Pool spielen. Saray hatte einen riesigen Plastikpool. Ihr Vater baute ihn immer auf dem herrenlosen Grundstück neben ihrem Haus auf. Zu Beginn des Sommers füllte er den Pool mit Wasser aus der Zisterne, und obwohl er hin und wieder etwas Chlor reintat, das ihm Gracián besorgte (der mit den buschigen Augenbrauen wie Schmetterlingsraupen, der in den Hotels im Süden die Pools reinigte), wurde der Pool zum Ende des Sommers hin grün, grün und trüb, voller Algen und toter oder hüpfender Viecher, anfangs noch klein, später riesig wie die Schlammspringer aus den Pfützen.

Isora und ich liebten Sarays Pool, aber wir konnten nur hingehen, wenn sie uns einlud, weil Sarays Zuhause nicht so war wie der Laden, wo man einfach vor der Tür stehen konnte, als wäre nichts. Wenn wir Ertrinkende und Rettungsschwimmer spielten, was unser Lieblingsspiel in Sarays Pool war, gab es immer eine, die am Ertrinken war, und zwei Rettungsschwimmer. Die Ertrinkende musste unter Wasser die Luft anhalten, bis ihr wirklich schwindelig und schlecht wurde, und dann kamen die Rettungsschwimmer, um sie zu retten. Ich war nicht so gern die Ertrinkende, weil ich es manchmal so ernst nahm, dass ich die Luft anhielt, bis mir der Kopf pochte wie eine Trommel, was ziemlich sehr wehtat. Aber auch wenn wir einfach nur lange im Wasser waren, war unser Gesicht grün von den Algen, wenn wir rauskamen, und Oma schimpfte mit mir.

Wir waren auch deswegen gern in Sarays Pool, weil ihre Eltern eine Bar in El Amparo hatten. Eine Bar, wo es auch Sandwiches und so was gab. Wenn sie abends von der Arbeit kamen und wir schon völlig ausgehungert und todmüde waren, brachten sie uns dreien Sandwiches und überbackene Käsepommes mit allen Soßen mit. Deswegen hielten wir es immer bis spät bei Saray aus, damit wir die Sandwiches und die Pommes mit allen möglichen Soßen essen konnten. Isora liebte das Croissant mit Ei, Schinken, Käse und Salat und ich mochte das Pulled-Pork-Sandwich mit Käse. Saray bekam immer eine Maismehl-Arepa nur mit Schinken, weil sie einen empfindlichen Magen hatte, meine Mutter hatte mir gesagt, ihr Magen wäre völlig im Eimer von dem vielen Frittierten aus der Bar, die Arme; deswegen meinte Isora, Saray würde überall auf die Wege kacken und nicht die Hexen aus El Paso del Burro. Wenn wir dann fertig waren, waren Isora und ich vollgestopft bis obenhin, und sie kotzte fast immer in eine Ecke vom Grundstück, wo der Pool stand, uckuckuck, wie ein räudiger Hund.

Mein Vater sagte, dass Saray ein bisschen komisch war, weil ihre Eltern sie wie ein Baby behandelten. Sie war zwei Jahre älter als wir, aber manchmal wirkte es, als wäre sie vier Jahre jünger. Die Wahrheit ist, dass Saray sich besser mit mir verstand als mit Isora. Ich ging öfter zu ihr zum Spielen und kannte sie besser, das lag vor allem daran, dass Saray ganz nah bei mir wohnte. Normalerweise mochten alle Isora lieber als mich, weil sie schlau wie eine Gebirgsstelze war, forsch war, lebendigeres Blut hatte und schlagfertiger war. Sie wusste, wie man mit alten Leuten redete und auch mit jungen, und ich nicht. Saray war die Einzige, die mich lieber mochte.

An dem Tag klebte Saray enger an mir als je zuvor. Beim Ertrinkende-und-Rettungsschwimmer-Spielen wollte sie immer, dass wir die Rettungsschwimmer waren und Isora die Ertrinkende, und das fand Isora kein Fitzelchen lustig. Sie machte nur zweimal aus reinem Pflichtgefühl mit, weil sie es gewohnt war, die Entscheiderin beim Spielen zu sein, und dies-mal entschied Saray, weil der Plastikpool ihr gehörte und das Grundstück ihr gehörte, obwohl das in Wirk-lichkeit nicht stimmte und das Grundstück nur mit dem Pool besetzt worden war. Schon beim zweiten Mal, als Isora die Ertrinkende spielen sollte, sprang sie aus dem Pool, das Gesicht grün von den Algen und vor Wut. Sie sah aus wie ein vergammelter, wü-tender Fisch. Ich mach nicht mehr mit, Kollegen, ich werde nie wieder die Ertrinkende sein, ihr Spinner, jaulte Isora laut. Okay, okayyyyy, antwortete Saray. Dann spielen wir jetzt Models, verkündete sie. Das Model-Spiel hatte Saray erfunden, und es ging so, dass eine von uns einen Tag lang superhübsch war und die Kleider von Sarays Mutter anziehen und sich schminken durfte und über die Treppe in Sarays Haus stolzieren, das war eine Wendeltreppe und die fanden wir total gut. Isora und ich träumten davon, eine Wendeltreppe zu haben, wenn wir groß waren und zusammen im gleichen Haus leben würden, mit unseren Ehemännern.

Wir kletterten aus dem Pool und rannten, nass und ohne Badelatschen, in Sarays Haus und die Wendeltreppe hoch, bis ins Zimmer ihrer Eltern. Dort öffnete Saray die hinterste Schublade im Schrank ihrer Mutter. Da waren viele Kleider mit Tüll und Glitzer und Pailletten und Fransen, alles aus der Zeit, als Sarays Mutter jung gewesen war und in den Hotels im Süden als Assistentin eines Zauberers gearbeitet hatte, deswegen sagte Saray immer, ihre Mutter wäre berühmt. Als Saray dann die sexy Kleider aus der hintersten Schublade im Schrank ihrer Mutter rausholte, klapperte Isora vor Nervosität mit ihrer Kette mit der Jungfrau von Candelaria herum. Saray legte alle Kleider auf die pinkfarbene Satindecke auf dem Ehebett und drehte sich zu uns. Die Superhübsche für einen Tag biiiiiiist ... du, und sie zeigte auf mich. Und da wurde ich wirklich ziemlich nervös, weil ich wirklich lieber, viel lieber wollte, dass Isora die Superhübsche für einen Tag war, weil ich wusste, dass ihr das kein Fitzelchen gefallen würde, wenn mich Saray auswählte, und das nach der Sache im Pool. Pfffffffff, echt jetzt? Aber heut ist doch mein Namenstag, Kollegen!!! Echt jetzt? Ich mag nicht mehr, ich will nicht mehr mit euch spielen, ihr seid ja total die Egoisten, ey, das macht man nicht, sagte Isora und ihre Augen quollen aus dem Schädel vor Wut. Und sie stürmte ins Bad neben dem Schlafzimmer und schloss sich ein. Jetzt setzt du dich hierhin und ich schmink dich, sagte Saray zu mir. Und da ich gelähmt war vor Angst wegen dem, was sich grade abgespielt hatte, setzte ich mich auf den Stuhl vor dem Schminktisch von Sarays Mutter und ließ sie mit mir machen, was sie wollte.

Nachdem sie mir alle Farben aus dem Schminktäschchen ihrer Mutter ins Gesicht geschmiert und mich gezwungen hatte, ungefähr sechs Kleider anzuprobieren, sagte Saray, dass ich jetzt gehen könnte, sie wäre jetzt müde und würde sich ein bisschen hinlegen. Ich kapierte nicht, wie ein so großes Mädchen tagsüber schlafen konnte wie ein drei Monate altes Baby, aber ich gehorchte, zog mir die Kleider aus und klopfte bei Isora an die Badezimmertür. Iso, wir gehen jetzt, Saray legt sich hin. Bleiben wir heute nicht für die Sandwiches?, fragte es von hinter der holzgetäfelten Tür. Nein, sie sagt, sie ist müde. Isora machte die Tür auf und ging direkt zum Ausgang über die Wendeltreppe, ohne auf mich zu warten. Ich folgte ihr. Am Eingang zu Sarays Haus hing ein kleiner Spiegel. Mein Gesicht sah schrecklich aus. Die Lippen waren total übermalt und die Augen schwarz wie das Gefieder einer Amsel. Mit bunt vollgeschmiertem Gesicht rannte ich zu Isora und holte sie ein. Sie schaute mich an und sagte, hätte sie mich mal angemalt zum Tag der Jungfrau von Candelaria. Sie wirkte ruhig, seltsam, traurig vielleicht. Ihre Augen waren wieder normal. Die Kette klemmte an ihrer Unterlippe und war so eng, dass sie fast ins Fleisch schnitt. Sie schaute die ganze Zeit auf den Asphalt, trat gegen die Steinchen auf dem Boden und seufzte. Sie pulte sich die Unterhose aus der Poritze und seufzte. Wir kamen zu Omas Haustüre und sie blieb stehen, die Arme eng an den Körper gedrückt, die Arme steif wie zwei Stöcke. Shit, bist du meine Freundin?, fragte sie. Natürlich bist du die allerallerbeste Freundin, die ich habe, antwortete ich. Nein, nein, mal im Ernst. Bist du wirklich meine Freundin?, fragte sie weiter. Heeey, ja klar bin ich deine Freundin. Ein paar gelbe Katzen liefen die Straße lang und wir schauten ihnen nach. Sie seufzte wieder und zog an ihrer Unterhose. Glaubst du, dass meine Mutter hübsch war?, sagte sie plötzlich. Ja, deine Mutter war sehr hübsch. Auf dem Foto vom Nachttisch sieht sie total hübsch aus. Ja, ihre Haare waren wie Schokosoße, viel glatter als meine, antwortete sie. Und sie drehte sich um und lief die Straße runter. Und ich beobachtete, wie sie im Zickzack bergab lief in ihrem Hinkegang, den sie hatte, weil sie sich alle drei Schritte im Hintern pulte. Auf Höhe der Kreuzung drehte sie sich um, ganz langsam, sie drehte sich langsam um, wie ein alter Mann mit Gehstock und einer Mütze vom Metallwarenladen Los Dos Caminos. Shit, begleite mich bis zu Melvas Haus, bitte, ich begleite dich auch immer.

EDWIN RIVERA

Jungs fand ich immer eklig, aber ich dachte, ich müsste mich in sie verlieben. Einmal vor dem Schlafengehen, als die Käuze vor dem Fenster heulten – ich dachte immer, dass die Käuze in Vögel verwandelte Hexen vom Berg wären –, da sagte mir mein Vater, ich sollte an etwas Schönes denken, denn wenn ich an was Schönes dachte und an Sachen, von denen ich wollte, dass sie passierten, könnte ich gut schlafen. Ich weiß noch, dass ich an einen Jungen von meiner Schule dachte, von dem ich glaubte, dass ich ihn so mochte, als wäre er mein richtiger Freund, und ich stellte mir vor, dass wir Hand in Hand an einem sonnigen Tag die Straße hochliefen, und es funktionierte und ich schlief ein. Also fing ich an, das jeden Abend so zu machen, und es funktionierte weiter. Nur so konnte ich einschlafen, aber in Wirklichkeit fand ich Jungs immer eklig, so eklig wie den Gestank vom Müllwagen, wenn er von der Kirche ab bergauf fuhr, wenn wir dort spielten, so eklig wie die weißen Würmer, die aus den Mülltonnen quollen und bei den Hunden aus dem Po und bei den Katzen auch, und Oma sagte immer, wenn ich zu viel La-Candelaria-Schokolade aß, würden mir auch Würmer aus dem Po kommen, so eklig wie die Brühe, die aus den Mülltüten vom unteren Teil der Siedlung troff, so eklig wie die Kruste, die sich meine Mutter aus dem Bauchnabel pulte und an der sie dann roch, wenn niemand guckte, und die stank, als ob jemand eine überfahrene Ratte vier Jahre lang in einem Schuhkarton aufbewahrt hätte. Ich dachte, wenn ich groß wäre, wollte ich einen Freund wie Jerry Rivera, groß wie ein Schrank, mit gewaschenem und rasiertem Gesicht und nach hinten gekämmten und nass gegelten Haaren. Oder wie Edwin Rivera, sein Bruder, der genauso gut aussah, aber ein bisschen weniger. Aber erst, wenn ich groß war. Jetzt wollte ich nicht, dass Jungs auch nur in meine Nähe kamen.

An dem Tag gingen Iso und ich über den Trampelpfad, der durch den Colledsch-Football-Club führte, runter zum Laden und Ayoze und Mencey bombardierten einander mit Schüssen von einem Tor zum anderen. Die Tore waren aus vier großen Steinen, zwei auf jeder Seite. Isora ging mitten durchs Feld und sie schrien ihr Sachen entgegen, und ich wollte nicht mittendurch, weil ich Angst hatte, dass sie mich anschossen, aber weil Isora ging, lief ich ihr hinterher, als wäre nichts. Alles ging sehr schnell. Als wir ans andere Ende vom Spielfeld kamen, hatte Isora schon Ja gesagt, wir würden bleiben und mit ihnen spielen. Ich wollte nicht mit Ayoze und Mencey spielen, weil es mir mit ihnen ging wie mit allen Jungs, außer mit Juanita Banana, ich ekelte mich vor ihrer Nähe. Sie waren dumm und wollten nur Arschklatschen spielen, aber Isora war auch dumm, und vielleicht wollte sie deswegen an dem Tag, dass wir mit den Jungs spielten, weil ihr die Barbies und die Models und Vater-Mutter-Kind und die Superschönen und die Murmeln zum Hals raushingen und sie lieber auf Vögel schießen wollte oder Sachen in der Luft zerfetzen. Alles ging sehr schnell, so schnell, dass ich, ohne es zu merken, auf dem Gepäckträger von Mencey saß und Isora auf dem von Ayoze. Sie fuhren mit uns an eine Stelle unterhalb vom Laden, ziemlich weit hinter Antonios Bar. Es war ein riesiges Kartoffelfeld mit riesigen Farnen am Ende, wie ein Berg, auf dem keine Kiefern wuchsen, sondern Farne. Ein Berg für ganz kleine Leute.

Es war ungefähr sieben Uhr abends an einem Tag Mitte August. Um diese Zeit begann die Sonne, sich an den Bergrücken von El Amparo zu schmiegen, und versteckte sich nicht mehr hinter den grauen Wolken. Wir ließen die Räder am Eingang zum Gelände liegen und rannten wie die Ziegen über das Kartoffelfeld, das so groß war wie ein Fußballfeld, wir rannten und rannten wie Ziegen über die Kartoffeln, rupften dabei gelben Sauerklee und stopften ihn uns in den Mund. Isora lutschte die Blüten aus und Ayoze und Mencey lutschten sie aus, aber ich zerbiss sie, und ich spürte ein kleines Brennen am Gaumen und einen kalten Schauer im ganzen Körper und wir rannten schneller und noch schneller, sprangen über die Kartoffelpflanzen und hüpften auf Felsen wie die Ziegen, aber wie Oma immer sagte, Ziegen suchen die Gefahr.

Als wir ans Ende des Geländes kamen und schon alle Kartoffelbeete zerstört hatten, hielten wir plötzlich an und wir stießen gegen die Jungs und die riefen, wie cool!, als sie sahen, wie hoch die Farne wuchsen. Sie gingen in die Hocke und krabbelten auf allen vieren unter den Blättern durch. Sie gingen weiter und weiter, bis sie aus unserem Sichtfeld verschwanden, der Berg aus Farnen hatte sie verschluckt. Ich sah Isora an und schluckte Spucke runter und meine Spucke war trocken und die Haut in meinem Mund war rau vom Sauerklee. Isora ging in die Hocke und fing an, in den Berg hineinzukriechen, und sagte zu mir, komm, Shit! Nein, Iso, wenn ich zu spät heimkomme, krieg ich geschimpft, und sie sagte, komm, Shit, sei nicht doof jetzt. Ich schaute zum Himmel, und am Berg von El Amparo sah man die Sonne schon sehr hell scheinen. Das Licht kratzte mir an den Schultern, und ich wusste, wenn die Sonne so pikt, dann geht der Tag auch gleich zu Ende. Aber ich ging auf alle viere und folgte Isora. Ich folgte ihr, weil es mir Angst machte, nicht in ihrer Nähe zu sein, sie bis zum nächsten Tag nicht mehr zu sehen. Der Berg aus Farnen schluckte uns nach und nach, erst Isora, dann mich.

Wir hörten die Jungs weiter vorne rumschreien und lachen, aber wir fanden sie nicht. Wir krochen vorwärts wie verirrte Zicklein, die ihre Mütter suchten, und ich spürte, wie sich Steine in meine Knie bohrten und sich die Farnblätter in meinen Haaren verhedderten, manchmal so fest, dass ich schrie. Vor mir hatte ich Isoras Hintern in am Knie abgeschnittenen Jogginghosen, die so sehr spannten, dass es kaum noch ging. Der zerschlissene Schlüpfer mit roten und weißen Blümchen drauf zeichnete sich hinten ab und schien durch, sie hatte einen breiten Hintern, und ich schaute ihn gerne an, wie er sich bewegte, mit der Sparbüchse draußen, wie meine Mutter immer sagte, dadamm, dadamm, nach rechts, nach links. Sie bewegte sich so schnell und flüssig, dass es war, als wäre sie schon immer auf allen vieren durch einen Berg Farne gekrabbelt.

Am Ende des Tunnels war eine fast leere Lichtung, dort gab es vier Feigenbäume und einen Berg Schutt. Die Jungs warfen schon mit Steinen nach den Feigen, schauten zu, wie sie runterfielen und auf dem Boden zerplatzten, und kriegten sich nicht mehr ein vor Lachen. Isora atmete schnell. Mencey nahm Anlauf und rannte seitlich auf den Schuttberg drauf, und Isora folgte ihm, ohne was zu sagen oder mich anzusehen. Wut kochte mich von innen. Ayoze sagte, hey, lass die, die sind eh blöd, komm mit, ich zeig dir einen total coolen Platz, da hinter den Feigenbäumen. Ich hatte keine Lust, mit ihm mitzugehen, hatte keine Lust, dort zu sein, ich wollte nicht der Sonne dabei zusehen, wie sie den Berggipfel von El Amparo erreichte. Es wurde allmählich spät und ich wollte nur Isora an den Haaren rauszerren und sie töten, sie an den Haaren nehmen und am Boden entlangschleifen, sie quetschen, quetschen wie ein Glätteisen, wie wenn die Kätzchen noch ganz klein waren und ich sie so lieb hatte und sie mich ignorierten und ich sie nur quetschen wollte, bis ihnen die Augen aus den Höhlen quollen.

Das Geschrei und das Gelächter von Isora und Mencey waren von Weitem zu hören und ich ging weiter hinter Ayoze her, lustlos, wie wenn man mitten in der Nacht zum Pinkeln aufsteht und dann wie ein Zombie durch den Flur tappt. Wir kamen an eine riesige Felswand mit einem dunklen Loch. Ayoze sagte, wir sollten reingehen, das sei total cool da und auch nicht so heiß. Das Loch im Felsen war eine Art Höhle mit einer Menge Kiefernnadeln auf dem Boden. Es stank nach Ziege, nach Katzenkacke, nach der

Ritze, die Hunde zwischen den Zehenballen haben. Leg dich auf den Boden, sagte Ayoze. Warum?, antwortete ich. Darum, sagte er. Und ich legte mich hin und er legte sich auf mich und ich spürte sein Gewicht wie eine kalte Steinplatte auf meiner Brust, die Steinchen vom Boden drückten sich in meinen Rücken. Aus seinem Mund roch es nach rohem Ei, nach den Eiern, die man aus dem Hühnerstall holte, und die noch Hühnerkackeflecken hatten, wenn Oma mich schickte, um mir ein Spiegelei zu machen, und sie alle anfasste und *Eine kleine Dickmadam* sang und *Eins, zwei, drei und du bist frei*, und das Ei briet sie mir dann.

Eine Welle Katzenkackegestank kam vom Volkan her und breitete sich über den Boden der Höhle aus. Ich bewegte mich ein bisschen, weil mir der Ekel auf den Magen schlug wie ein Fußball mitten auf den Oberbauch, aber der Junge drückte seinen Körper noch stärker gegen meinen, und ich merkte, dass er irgendetwas mit den Händen machte. Der Wind pfiff. Ich muss gehen, meine Mutter schimpft sonst. Ein bisschen noch, lass die Hose runter, ich will was ausprobieren. Bitte, ehrlich jetzt, Ayoze, meine Mutter wird richtig sauer. Es dauert nur eine Sekunde, antwortete er. Ich zog die Hose runter und er griff meinen Schlüpfer und schob ihn mir auf die Oberschenkel, und da fiel mir ein, dass ich mal geträumt hatte, Isora hätte mir eine Badewanne voll Katzen geschenkt und ich würde statt in Wasser in Katzenhaaren baden und danach hatte ich nie wieder Katzenhaare an den Kleidern, und plötzlich spürte ich etwas Weiches in meiner Mimi und ich merkte, der Magen drehte sich mir gleich um, spürte eine Art Schmerz, wie als mein Vater einmal einen ganzen Zweig voll Mispeln und ein Sandwich mit weißem Käse gegessen hatte und die Kotzerei und die Scheißerei bekam und meine Mutter ihm sagte, dass man Milch und Mispeln nicht zusammen essen darf, weil einem das den Magen umdreht, noch schlimmer, wenn man sich direkt nach dem Essen hinlegt, weil es dann im Magen gärt, und Ayoze atmete wie ein Hund, dem die Zunge raushängt, weil er den ganzen Tag im sonnigen Innenhof liegt, ein völlig fertiger Hund, wie meine Mutter sagte. Toby, du Penner!, hörten wir einen Mann rufen und Ayoze zog sich schnell die Hose hoch und stützte dabei seine Brust auf meine. Der Gestank nach Ei drang mir in die Nase, wie wenn man etwas riecht und weiß, dass man sich für immer an den Geruch erinnern wird, auch wenn viele Jahre vergehen, und indem ich Kraft aus meiner Angst schöpfte, die mich von innen auffraß, zog ich mir auch die Unterhose hoch und die Hose. Ayozes Kleider waren von oben bis unten voller Dreck. An den Beinen konnte man kleine Härchen erkennen, die ihm wie kleine Flecken allmählich aus der Haut wuchsen. Ich stand auf und fing an, eine nach der anderen die Kletten von meinem Shirt zu zupfen. Tooooooooby, hörten wir es wieder rufen. Isora und Mencey kamen den Hang runtergerannt und blieben da stehen, wo wir waren. Iso, ich geh, sagte ich. Iso, ich geh. Sonst nichts, und ich ging am Rand des Felds entlang, seitlich am Farnberg vorbei. Als ich zu den Kartoffeln kam und mich umsah, sank die Sonne schon hinter den Bergrücken von El Amparo. Die Wolken rissen auf und ließen das Licht durch, und die Kiefern, die Kartoffelpflanzen, der Boden, das Meer, das mir sagte, wo die Welt aufhörte, alles war um diese Zeit am Abend orange.

EIN HALBES KILO VON JEDER KARTOFFEL

Am Tag nach dem Farnberg ging ich nicht zu Isora. Meine Oberschenkel und meine Mimi waren voller Zecken und Flöhe und mir juckte der ganze Körper. Oma war den ganzen Vormittag dabei, Viecher von mir zu klauben, und fragte mich die ganze Zeit, wo zur Hölle ich mich rumgetrieben hatte, bestimmt war ich räudigen Streunerhunden nachgelaufen, den elendigen mit ihren Flöhen, weil sonst gibt es ja keine Erklärung für die ganzen Flöhe. Und wie ich das Ploppen der an Omas ausgefransten Fingernägeln platzenden Flöhe hörte und Oma hustete und sagte, dieser raue Hals bringt mich noch um, ich bin eine geplagte Frau, meine Kleine, da fing ich furchtbar an zu weinen, wie damals, als ich in ein Blumenbeet mit Geranien und Rosen gefallen war und mir den ganzen Körper zerkratzt hatte und nicht anders konnte als weinen. Und wie mich Oma so weinen und weinen sah, ohne irgendeinen Grund, außer Flöhe und Zecken an der Mimi und an den Beinen, wurde sie ganz bitter und sagte mir, meine Kleine, du musst hingehen und darum bitten, dass man dich segnet, du siehst so aus, als hättest du einen Riesenschrecken, ich weiß gar nicht, wieso, du bist ja ganz blass. Und ich wusste, wusste es in meiner Brust, dass ich mir die Flöhe und die Zecken und den Schrecken in der Höhle geholt hatte, als Isora mich alleine ließ, um mit diesem bescheuerten Jungen mitzugehen.

Am Tag nach dem Farnberg wollte ich Isora nicht sehen. Wenn ich auch nur an ihren Namen dachte, stieg mir das Gift bis an die Kehle. Ich verbrachte den ganzen Vormittag damit, Oma beim Um-den-heißen-Brei-Schleichen zuzuschauen, wie sie sagte. Wir frühstückten eine Tasse Milch mit Brot und Butter. Das Brot brachte die Bäckerin und es war Anis drauf. Ich mochte keinen Anis und Oma pulte ihn mit den Fingern ab. Wir fütterten die Hühner und schälten dann vor dem Fernseher Kartoffeln. Oma wurde immer ungehalten, wenn sie sah, wie ich Kartoffeln schälte. Sie sagte, ich würde ein halbes Kilo von jeder Kartoffel wegschneiden. Aber ich schälte weiter und hatte nur Augen für *Texas Ranger*, das schaute Oma am liebsten. Zur Mittagessenszeit kam Onkel Ovidio aus dem Zimmer und wir aßen Kartoffeln mit Hühnerflügeln und Soße. Mir fiel ein, wie Isora immer Omas

Hühnchenschlegel aß, wie sie den Mund auf- und zu-
machte, wie ein kranker Hund, ein Hund, der sich in
den Bergen verirrt hatte, der wochenlang nicht ge-
fressen hatte und der das vergammelte Essen aus dem
Müll runterschlang, ohne zu kauen. Isora machte
beim Essen ein lautes Geräusch, ihre Zähne waren
Füße auf dem Moos einer eingetrockneten Pfütze.

Als wir fertig waren mit essen, schloss sich Onkel
Ovidio wieder in seinem Zimmer ein, um Cantinflas-
Filme zu sehen, die er zusammen mit den Telenovelas
und der Serie *Corazón, Corazón* am liebsten hatte. Im
Fernsehen kam schon die Telenovela und die Bisse an
der Mimi und an den Schenkeln fingen schon wieder an zu jucken. Ich krampfte meine Fäuste zusammen. Meine Lider zitterten vor Anstrengung, mich
nicht zu kratzen. Das Bild von Isora, wie sie zusammen mit Mencey den Schuttberg hochrannte, schlid-
derte in meinen Kopf. Ich dachte an schwache, nutz-
lose Taubenküken, die aus dem Nest fallen und auf
dem Boden zerdetschen, weil ihr wohlgenährtes Ge-
schwisterküken sie rauswirft. Das war ich, ein gerupf-
tes und verflohtes Küken, ein Vögelchen mit mü-
dem Herzen und offenem Schnabel, den Schnabel
geöffnet, weil ich auf Isora wartete, auf ihre Worte,
auf den Geruch ihrer Haarspitzen nach süßem Brot,
auf den schwarzen Gammel unter ihren Fingernägeln, die kurz waren wie die Ebbe, die durch die Felsen schwappte. Ich wollte weinen, wollte, dass Oma

mich auf den Arm nahm wie ein Kleinkind und dass diese zwei oder drei Tage, die ich beschlossen hatte, nicht mit Isora zu reden, schnell vorbeigehen würden, weil ich sie schon vermisste. Immer wenn ich sauer auf Isora war, stellte ich mir vor, ich hätte ganz viel Pech. Ich malte mir aus, wie ich mir ein Bein brach oder mir am Gaskocher den Arm verbrannte, nur damit sie merkte, wie wichtig ich in ihrem Leben war. Statt mich zu verbrennen oder mir was zu brechen, kratzte ich mich auf der Unterhose, bis die Bisse kochten wie der Volkan. Ich weinte nicht. Ich blieb trotzig stumm und schaute weiter fern. Unterdessen schälte Oma die Kartoffeln fürs Abendessen. Aus der Küche hörte man das wässrige Lachen von Onkel Ovidio, ein Lachen wie von einem ertrinkenden Fisch. Onkel Ovidio, der immer traurige, o-beinige Onkel Ovidio, lachte nur, wenn er Cantinflas-Filme schaute.

Und dann klingelte das Telefon und ich rannte hin und nahm ab. Das war sie. Ich hörte ihren Atem wie einen Stich, ihre Stimme klang, als würde sie heimlich Gummibärchen essen, eine Stimme wie von einem Hamster mit kiloweise Sonnenblumenkernen in den Backen, und sie sagte, Shit, kommst du morgen mit zum Kanal, spielen? Und obwohl ich mir vorgenommen hatte, sie zu hassen, sagte ich Ja, und ich hätte auch Ja gesagt, wenn sie mir mit Stachelschuhen über den Rücken gelaufen wäre, auch wenn sie mir in die

Augen gespuckt hätte, auch wenn. Ich legte auf, und das Hintergrundlachen von Onkel Ovidio ging weiter, als ich in die Küche kam. Ich schaute zum Fenster raus und fragte mich, warum Onkel Ovidio seit so vielen Jahren nicht rausging, so viele Jahre krank, krank im Kopf, sagte meine Mutter, krank wegen der Manie, er ist manisch, hatte mein Opa auch gesagt vor vielen Jahren, als ich klein gewesen war und er noch nicht abgehauen war. Und ich sah das Meer und den Himmel, die immer wie ein und dasselbe aussahen, dieselbe schwere graue Masse wie jeden Tag. Mir fiel ein, dass die Traurigkeit der Leute im Viertel wie Wolken war, Wolken, die oben am Hinterkopf hingen, am höchsten Punkt der Wirbelsäule, um die Zeit der Telenovela.

EIN MESSER IN DEN BAUCH

Der Himmel war morgens so bedeckt, dass alle aus dem Viertel nervös darauf warteten, dass es entweder regnete oder die Sonne schien, aber bitte schön nicht so eine Drohkulisse aufgefahren würde, ohne sich für eines von beiden zu entscheiden. Manchmal wünschten wir uns Regen, wie jemand, der darum bettelte, ein Messer in den Bauch gerammt zu bekommen, weil er litt, wie wenn die Katzen den grünen Eidechsen den Schwanz und die Beinchen abbissen oder den braunen Kopf abrissen, und die Echsen wanden sich noch auf dem Boden, als wären sie in Wirklichkeit noch nicht tot und könnten ohne Kopf weiterleben. Genauso wie die Katzen weiter mit ihnen spielten, trieb der Himmel sein Hinhaltespiel mit uns. Wenn die Eidechsen litten, versetzte Oma ihnen einen Schlag mit einem Stein und zerquetschte sie auf dem Boden. Sie waren sofort tot und ich sagte ganz leise, wie schade, aber Oma antwortete, nein, sie leiden nämlich und wollen, dass man sie erlöst.

Die Tage waren verstrichen und ich hatte die Erinnerung an den Farnberg in einem Kämmerchen in meinem Kopf verwahrt. Isora und ich waren Freundinnen wie immer, aber in mir war etwas, hinter meinen Augen, in meinen Ohren, was mich daran hinderte, ganz zufrieden zu sein. Die Sachen, die Isora machte, störten mich. Ich hatte sie immer bewundert, wie sie sich bewegte, was sie sagte, das Plastikgeräusch ihrer Sneaker auf dem Asphalt, das Schnalzen ihrer Unterhosen gegen den Hintern, wenn sie sie aus der Ritze pulte. Jetzt war es anders. Jetzt war mir alles, was Isora sagte, zuwider. Wenn sie einen Pups ließ, hasste ich sie, wenn sie Shit sagte, sei nicht bescheuert, wollte ich ihr den Kopf abreißen, wenn sie zu schnell lief und mich den Berg hoch abhängte, wollte ich sie an den Haaren am Boden entlangschleifen, sie von der unteren Straßenecke bis ganz, ganz oben, wo es nur noch Kiefern gab, die Straße entlangschleifen. Jetzt mochte ich sie noch, aber gleichzeitig hasste ich sie, ich hasste sie so, so sehr, dass am Ende, na ja.

Am Tag mit dem bedeckten Himmel rief Isora mich nicht an. Sie stand unangekündigt da und warf ein winziges Steinchen an die Fensterscheibe von Omas Küche. Oma zuckte auf ihrem Stuhl zusammen und legte sich die Hand auf die Brust, als würde etwas Schlimmes passieren. Meine Güte, Mädchen, was war denn das jetzt?, sagte sie und schaute zum Fenster. Ich glaube, das ist Isora, antwortete ich. Ich streckte mich über den Brunneneimer und da stand sie: unter dem dunklen Himmel, dem Himmel, der ihr Schatten auf den Körper legte, der sie aussehen ließ wie eine uralte Person, wie Tausende Jahre alt. Ich hatte keine große Lust, sie zu treffen, aber ich klopfte zweimal kurz mit der Faust an die Scheibe und ging raus. Sie sagte, Shit, lass uns in den Computerraum gehen und ein bisschen mit den Leuten aus unserer Klasse chatten.

Nach einer ganzen Weile, die wir so taten, als würden wir dem Informatiklehrer im Computerraum zuhören, der uns die Sache mit dem Riesenschniedel von carlossion längst verziehen hatte, öffnete Isora ganz vorsichtig den Messenger und fing an, alle Leute aus unserer Klasse anzuchatten, die auch Messenger hatten, und das waren ungefähr vier oder so was. Als sie schon eine Weile dabei war, allen zu schreiben, hallo, wie gehts? was machste? mir is langweilig und dir? mir gehts gut, machte Isora den Terra-Chat auf, ohne mich zu fragen, und da kam auf einmal die ganze Wut aus mir raus, die ich in der Kammer in meinem Hirn verwahrt hatte. Was machst du da, Iso? Du hast mir versprochen, dass wir das nicht mehr machen, zischte ich und versuchte, dabei meine Stimme nicht laut werden zu lassen. Sei nicht doof, Shit, nur ein bisschen. Sei nicht doof jetzt, sei nicht doof, antwortete sie. Und ich bin dir wohl scheißegal, entgegnete ich. Sei nicht doof, sagte sie immer wieder. Und da schrie ich sie an, du bist ja wohl doof. Und der Lehrer vom Computerraum kam bis an unseren Platz und stand eine Weile vor uns und schaute uns mit verschränkten Armen und riesigen, nach totem Hund stinkenden Schweißflecken im Hemd direkt in die Augen und sagte uns, wir dürften jetzt nicht mehr in den Computerraum, er wäre ein friedfertiger Mensch und er mochte keine Scherereien und wir würden die ganze Zeit die anderen stören und Scherereien machen und nicht mitarbeiten. Ich stand biestig auf und ging wie der Blitz nach draußen. Isora kam ein paar Sekunden später hinterher, und als ich sie mit diesem spöttischen Grinsen auf dem Gesicht sah, mit diesem Grinsen, das ihr das Grübchen im Kinn und das Muttermal auf dem Kinn verzog, und mit dem Haar, das auf dem Muttermal auf dem Kinn wuchs, schubste ich sie gegen die Wand, lehnte mich mit aller Kraft gegen sie. Sie sagte, was machst du da? Bist du jetzt bescheuert oder was? Sie schubste mich zurück, und da kniff ich in die Haut an ihrem Arm und drehte, bis sie jaulte wie ein sterbendes Tier. Sie griff im gleichen Atemzug nach meinen Haaren und schüttelte mich. Alle Kinkis waren Zuschauer des Spektakels geworden und riefen, gib ihr! Hau ihr die Rübe ein! Auf den

Boden mit ihr! Gib ihr eins auf die Nieren! Da kochte mein Blut so heftig, dass ich Isora an den Schultern packte und ihr mit offenem Mund meine Zähne in den Hals rammte. Die Kinkis feuerten uns weiter an, und ich merkte, dass Isoras Wut schon eine unaufhaltbare Welle geworden war. In diesem Augenblick, genau in diesem Augenblick merkte ich, dass ich ihr eigentlich nicht wehtun wollte, dass ich ganz dringend aufhören wollte. Aber alles ging so schnell, dass ich mich nicht richtig erinnern kann, ob ich dazu kam, ihr zu sagen, sie solle aufhören. Isora hob ihre schwere Faust, holte aus und schwang sie bis in mein Gesicht. Sie ließ sie kurz in der Luft stehen, nur ganz kurz, damit sich mir das Bild ins Gedächtnis brannte, die Form ihrer gekrümmten, braun gebrannten Finger. Sie ließ die Faust fallen. Ließ sie fallen wie auf den Rüssel eines Schweins, wie wenn ein Schwein betäubt wird, bevor man es schlachtet. Ich blieb auf dem Boden sitzen. Schaute die Wolken am Himmel an, und die waren wie Blei. Riesig, schwerfällig, so grau, dass sie fast silbrig wirkten. Jemand schrie, oh Gott, die ist ja zu Brei geschlagen worden! Ich sah das Blut auf meine Schenkel tropfen. Es glänzte wie geschmolzene rote Glasmurmeln, wie der Nagellack meiner Mutter. Mein Mund schmeckte nach dem Wasserkrug von Onkel Ovi, mein Mund schmeckte nach Isoras Mund, wenn wir uns hinter dem Kulturzentrum küssten.

WIE ALS ES ISORA NOCH NICHT GAB

Nach dem Streit mit Isora im Computerraum hatte ich zwei ganze Tage damit verbracht, ununterbrochen Gameboy zu spielen. Ich hatte zwei ganze Tage lang fast kein Wort gesagt, weil mir die Stelle am Mund höllisch wehtat, wo sie mich getroffen hatte, außerdem tat mir der Nacken weh vom Sitzen und vom Pokémon-Spielen, um nicht nachdenken zu müssen. In Wirklichkeit war ich gar nicht gut im Pokémon-Spielen. Normalerweise erklärte mir Isora alles. Wenn sie nicht da war, kämpfte ich mit Hunderten und Aberhunderten Rattikarls aus den Büschen und mit einem Schiggy, den Isora mal BLÖDSCHWANZ getauft hatte. Oma lag mir den ganzen Tag in den Ohren, ich sollte mal rausgehen an die Luft, ich wäre ja blasser als eine Kröte, es konnte ja nicht sein, so viel Widerborstigkeit konnte ja niemand in sich haben, aber ich spielte einfach weiter, zackzack, mit den Rattikarls und rein und raus aus der Arena und immer und immer wieder dieselben Gespräche mit denselben Wesen auf demselben Bildschirm und derselbe Schmerz am Mund und die geschwollenen, wie aufgespritzten Lippen, nur um nicht daran zu denken, was mit Isora passiert war.

Am dritten Tag morgens, als ich in der Küche den Gameboy rausholte und ihn auf den kleinen Tisch legte, während mir Oma die Aniskörnchen vom Brot pulte, sagte sie zu mir, meine Kleine, geh und hol mir doch ein bisschen Käse, Schinken und etwas Brot, ich bin zu kaputt zum Runterlaufen mit meinen wehen Füßen. Und zuerst dachte ich, für nichts in der Welt geh ich zum Laden und sehe dort Isora wieder, mir tat noch immer das Gesicht weh von ihrem Kinnhaken und mein kleines Herz war wie in alle Richtungen zerfetzt und es würde anstrengend werden, es wieder zusammenzusammeln, wenn ich nur an das Geschrei der Kinkis dachte und an Isoras Gesicht, Isora, als hätte sie mich mit einem Schuss aus einer Flinte mitten in einem verregneten Gebirge getötet, drehten sich mir alle Innereien auf links. Aber ich überlegte noch mal und dachte, es wäre auch gut, wenn Isora mich sehen würde, wie ich im Laden von ihrer Großmutter einkaufen ging, als würde es mir nichts ausmachen, dass sie nicht mehr meine Freundin war und ich auch nicht mehr ihre, damit sie es wusste, damit es sonnenklar würde, dass ich nicht vorhatte, ihr zu verzeihen, und dass ihre Anwesenheit mir so egal war, dass ich einfach ein bisschen Brot und etwas Aufschnitt kaufen konnte, egal ob sie da war und mich von der Tür aus kommen sah, mich kommen sah mit ihrem Gesichtsausdruck wie ein blödes Teichhuhn.

Ich ging die Straße runter mit den dreihundertfünfzig Gramm Schinken und zweihundertfünfzig Gramm Käse im Ohr, die mir Oma eben aufgetragen hatte. Es herrschte die Calima-Hitze, wie immer Ende August. Der Himmel war wie immer bedeckt von einer grauen, trägen, tief hängenden Wolkendecke. Als Oma mir sagte, wie viel Gramm von was ich mitbringen sollte, fing ich sofort an, die Zahlen die ganze Zeit gebetsmühlenartig in meinem Kopf zu wiederholen, damit ich es nicht vergaß. Es passierte mir oft, dass ich in den Laden kam und Isora sah und anfing, mit ihr zu reden, und mir nicht mehr die Grammzahlen für den Aufschnitt in meinem Kopf vorsagte, und dann musste ich Oma von Chelas Telefon aus anrufen, um zu fragen, wie viel ich von was mitbringen sollte. Aber an dem Tag nicht, an dem Tag war ich mir sicher, dass ich es nicht vergessen würde, weil ich wollte, dass Isora sah, dass ich es überhaupt nicht nötig hatte, auch nur ein Wort mit ihr zu wechseln.

Als ich beim Laden angekommen war, rieb Sinson seinen Hintern über den Boden, als würde es ihn von innen in den Gedärmen jucken und als wollte er sich alles, alles am Asphalt abkratzen. Ich lachte in mich hinein. Wenn Sinson das machte, fanden Isora und ich das total witzig, und wir feuerten Sinson an, los, Sinson, kratz dir den Arsch! Aber ich hielt mich zurück, weil ich sehr ernst wirken wollte, wenn ich durch die Ladentür ging. Da war Chela, die gerade einen Saufkopf bediente, der Ramoncín genannt wurde und der fünf Tetra Paks Rotwein kaufte und alle fünf in Reih und Glied auf die Theke gestellt hatte, als würde er mit Bauklötzchen spielen. Chela schrieb den Wein bei seiner Frau an, die schon fast eine ganze Seite Schulden hatte und die immer Schwarz trug, weil sie um ihren Vater trauerte, außerdem weinte sie den ganzen Tag, weil ihr Mann ihr so große Sorgen machte, die Arme. Chuchi stand mit gesenktem Kopf an der Schneidemaschine und hörte den Frauen aus dem Viertel dabei zu, wie sie mit ihrer Mutter über andere Leute lästerten. Und ganz hinten, in der hintersten Ecke vom Laden, da war Isora. Ich sah sie und spürte einen Schlag gegen die Stirn. Sie trug kurze Jogginghosen, die an den Oberschenkeln abgeschnitten waren, und denselben Pulli wie immer mit den aufgedruckten Wassermelonen mit schwarzen Kernen, den Pulli, den sie immer durchschwitzte wie ein altes Schwein. Sie war es, aber sie wirkte wie jemand anders. Wie jemand, der älter war, viel älter und viel hübscher und viel ernster. Ich fragte mich, wie zur Hölle man sich in nur drei Tagen so verändern konnte. Oh, meine Kleine, was macht denn dein Mund?, fragte mich Eulalia, die darauf wartete, dass Chuchi ihr ihren Aufschnitt reichte. Ganzgut, antwortete ich leise und leidend, mit vor Elend zitternder Stimme, und mein Blick wanderte in die Ecke, wo Isora gerade die Maisdosen einräumte. Ihr Ausdruck war vollkommen unverändert, sie zuckte nicht einmal. Sie hörte meine Stimme, als wäre da nur Stille. Chuchi und Chela sahen mir auch nicht ins Gesicht, sie sagten auch nicht, dass ich mich zum Teufel scheren sollte. Und ich schloss daraus, dass unsere Rauferei für sie peinlich sein musste, sie, die so berühmt waren und aus dem Zentrum des Viertels kamen.

Ich ging zur Aufschnittheke und spuckte alles zusammen und ohne Pause aus, was ich wollte, als würde ich kotzen: dreihundertfünfziggrammschinken, zweihundertfünfziggrammkäse. Bitte was????, fragte Chuchi, als steckte ihr der Ekel in der Kehle fest. Hey, die Kleine hier ist wohl behindert und ihre Mutter weiß von nichts!, rief ihr Chela zu, während sie etwas in das Anschreibeheft eintrug. Gib ihr vierhundert Gramm Schinken und dreihundert Gramm Käse. Und Chuchi senkte den Kopf und fing an zu schneiden. Man hörte das Surren der Schneidemaschine, wie sie sich durch die Kugel Schinken fräste, und ich schaute wieder zu Isora. Sie war noch immer ungerührt davon, dass ich da war. Ich hätte alles dafür gegeben, dass sie mich anschaute und ich den Blick von ihr abwenden konnte, nicht ohne ihr meinen Hass entgegenzublitzen, weil sie sah, wie mein Mund jetzt aussah, nachdem sie mir das Gesicht kaputtgehauen hatte. Aber sie schaute mich keinen Moment an. Melva, die über dem Laden wohnte, kam herein und sie und Chela und Eulalia fingen an zu tratschen. Lala, meine Liebe, weißt du, dass die Tochter von Isabelita schwanger ist, du weißt schon, die aus Redondo?, sagte Melva zu Eulalia. Meine Güte, ist sie nicht noch etwas jung dafür, antwortete Eulalia. Und es hat sich schon überall rumgesprochen, fügte Melva hinzu. Und wer ist dieses Mädchen? Ich kann mich grade nicht erinnern, fragte Eulalia. Die Jüngste von allen, meine Liebe, sagte Chela, die, die halb nackig rumläuft, sie wird so vierzehn, fünfzehn sein. Chuchi reichte den Aufschnitt an Chela weiter und ich bat sie ganz leise, mir noch ein Brot zu geben. Während sie es einpackte, tratschte sie weiter mit den anderen Frauen und würdigte mich keines Blickes. Sie packte mir alles in eine Plastiktüte und suchte sofort die Seite im Anschreibeheft, wo Omas Name stand. Sie fuhr mit dem Finger auf dem Karopapier entlang, bis sie zur vierten Seite kam, wo Omas Anschreibeliste aufhörte, und da notierte sie, was wir ihr schuldeten, und schlug das Heft wieder zu.

Ich ging aus dem Laden. Spürte, wie sich mein Bauch mit einem bösen Tier anfüllte, mit einer grünen und sich windenden Echse, die mir von innen Schläge versetzte. Sinson kam heraus, um den Mann, der das süße Gebäck brachte, anzubellen. Schscht, halt's Maul, Sinsonduscheißköter!, schrie Chela aus dem Laden heraus. Ich dachte an Omas Anschreibeliste, daran, wie lang sie war im Vergleich zu den anderen Listen. Ich dachte daran, dass meine Mutter jede Woche ein paar Sachen bezahlte, weil meine Eltern jetzt, wie mein Vater immer sagte, Geld wie Heu hatten, sie schwammen praktisch im Geld. Aber Omas Liste war immer sehr lang, so lang wie zwei Isoras, eine über der anderen, und ich verstand plötzlich, dass weder das Im-Geld-Schwimmen, wie mein Vater sagte, noch die Landhäuser noch die Hotels noch der Bau Oma vor all ihren Schulden retten konnten, die mein Opa ihr hinterlassen hatte, als er abgehauen war. Und ohne es zu merken, war ich schon auf Höhe von Omas Cousin. Omas Cousin, der zwei Frauen hatte, die eine Schlaue und die Schwägerin, die den ganzen Tag das Haus putzte und sich um das Grundstück kümmerte. Und als ich vorbeiging, sah ich die Frau auf einem Plastikstuhl sitzen, wie sie sich mit einer Werbezeitschrift von HiperDino Luft zufächelte. Sie trug ein geblümtes Kleid, einen blauen Sonnenhut und rote Stöckelschuhe, ihre Augen und Lippen waren geschminkt und sie hatte die Nägel lackiert. Die Schwägerin kauerte im Garten und jätete Unkraut, zupfte das ganze Unkraut raus, krumm wie ein Feigenbaum, den der Wind gebeugt hat. Ihr Gesicht sah aus wie ein verbrannter Kiefernstamm, ganz rissig und gebräunt. Ihr Gesicht sah genauso aus wie das meiner Oma, wie das von Doña Carmen, wie das meiner Mutter, ein Gesicht wie aus einer anderen Zeit, wie aus der Zeit, als die Menschen in Höhlen lebten und mit den Hunden auf dem Boden schliefen, als es noch keinen Asphalt gab und keine Liegestühle, kein Kulturzentrum, keinen Laden, keine Bar, keine Kirche, keine tiefergelegten BMWs, keine Gameboys, keine BABY borns mit Löchlein zum Pipimachen, keine Klapphandys, keinen Messenger. Wie als es Isora noch nicht gab und mich auch nicht, wie als wir beide noch keine Freundinnen waren, damals, und wie wir heute auch keine mehr waren.

DAS LETZTE WAS EINEM BLEIBT

ein loch in der erde mit den fingernägeln graben und
die erde und das blut und die nägel bis zu den ohren
sich eingraben es war womöglich besser sich einzu-
graben wie die toten und ein ding unter der erde zu
sein sich in die wurzeln von einem alten gestrüpp
verwandeln oder in etwas beinahe essbares und aus
versehen gegessen werden von einer echse oder von
einem kranken tier mit den eingeweiden voller würmer und von außen vergammelt wie ein kaninchen
mit tollwut und ohne mutter und vater und mit dem
geschmack nach gift von den bananenplantagen am
gaumen phosphordünger wahrscheinlich war es besser ein paar große steine auf den kopf wie eine ge-
öffnete passionsblume mit den höckern der backen-
zähne sich die zähne einen nach dem anderen mit
einer zange ausreißen und sie alle alle auf einen teller

legen mit mayonnaise drüber wie überbackene pommes mit allen soßen und sich von den eigenen zähnen ernähren wie ein hund der die eigene scheiße frisst sich von sich selbst ernähren bis man sich umstülpt wie eine socke bis man verschwindet bis die eigenen zähne einen von innen auffressen und dann quellen die eingeweide durch das poloch raus wie bei einer ziege mit leistenbruch und sich mit den gedärmen eine kette aus muscheln basteln und daran denken die kette isora zu schenken daran denken den magensaft und die galle isora zu schenken weil es das letzte ist was einem bleibt wenn einem nichts mehr bleibt

UND SO SAHEN WIR AUS WIE NACHTFALTER

Oma ging früh raus in den Gemüsegarten. Sie fütterte die Hühner. Sie ging früh, sehr früh raus, als der Hahn noch krähte, und sie nahm auch Futter mit für die Kaninchen. Als sie zurückkam, hörte ich sie mit ein paar sehr vorsichtigen Flüchen zur Tür reinkommen. Juanita Banana war bei ihr und hatte ein zerschlissenes Skateboard dabei, das sein Vater beim Kauf der Sofagarnitur für das Fernsehzimmer dazubekommen hatte. Es waren schon einige Tage vergangen, fast eine Woche, seit Isora und ich nicht miteinander redeten. Es war die längste Zeit, dass Isora und ich nicht miteinander redeten. Es fehlte nicht mehr viel, bis die Schule wieder losging. Nicht viel, bis man die Männer aus dem Komitee wieder auf Leitern sah, so hoch wie Kiefern, wie sie die Papiergirlanden für das Volksfest an den Straßenlaternen festmachten.

Immer im Zickzack, alle durchgestreckt wie die Tänzer, die ganze Siedlung hoch.

Komm, wir fahren mit dem Skateboard da runter, ohne zu bremsen!, sagte Juanita, indem er, den Oberkörper ungefähr in der Mitte abgeknickt, aufgeregt herumhopste. Ich hab keine Lust, antwortete ich, ohne mich vom Sofa zu bewegen, eingerollt wie ein Tier von der Straße. Hey, du hast doch immer Spaß mit mir, sagte er und nahm mich am Arm und zog mich aus den Kissen hoch. Junge, lass mich zufrieden!, schrie ich. Meine Güte, und ich komm dich noch holen, dabei bist du so langweilig wie 'ne tote Krabbe. Alter, ich will halt nicht!, schrie ich ihn an und wandte meinen Kopf zum Fernseher. Ach komm, bitte, flüsterte er. Geh weg, ey, du Wichser, antwortete ich mit einer Stimme, die nicht meine war, einer unbekannten Stimme, die noch nie durch meine Kehle gedrungen war. Er war wie gelähmt und weinte fast. Oma kam vor Schreck darüber, wie ich redete, mit der Kaffeekanne in der Hand aus der Küche. Mich hatte meine eigene Stimme auch erschreckt. Ich rollte mich wieder auf dem Sofa ein, den Rücken zu ihm, und hörte, wie er mit dem Skateboard rausging, das klang, als würde er einen Sack Alteisen über den Asphalt schleifen.

An dem Tag war ich sehr still, wie an allen restlichen Tagen, an denen ich nicht Isoras Freundin war, und ich sang mir innerlich ein Lied von Aventura vor.

Ein Lied, das fragte, wohin wird diese Liebe gehen? *¿Adónde irá este amor?*, wohin die ganze Hoffnung? Das frage ich mich jede Minute. Ich weiß, dass ich es versaut habe, aber dein Stolz und dein Benehmen verhindern, dass ich dich zurückerobere, du weigerst dich, Liebe zu empfinden, verbirgst deine Leidenschaft und weist mich zurück. Mit mir kannst du das nicht machen, ich kenne dich zu gut, du liebst mich noch immer. Oma kam ins Fernsehzimmer und brachte mir Meringen, sie brachte mir Kekse, Brote mit Guavengelee und Saft, aber ich wollte nichts. Sie sagte zu mir, Mensch, Mädchen, du musst deine Mutter bitten, dass sie dich segnen lässt, du siehst so aus, als hättest du einen Riesenschrecken, ich weiß gar nicht, wieso, und sie legte mir ihre kleine Hand auf die Stirn, als hätte ich Fieber. Isora-Fieber, dachte ich. Als es ungefähr sechs Uhr abends war, wälzte ich mich auf dem Sofa vor dem Fernseher hin und her, hin und her, weil mein Rücken ganz kaputt war vom vielen Kauern, den ganzen Tag, und Oma sagte, zieh dir die Schuhe an, meine Kleine, und wir gehen ein bisschen raus und laufen wenigstens von hier bis El Paso del Burro. Ich vergrub meinen Kopf unter einem Kissen und machte die Augen zu. Oma zog mir die Schuhe an und band mir die Schnürsenkel, sie zog mich an den Schultern hoch und wir gingen auf die Straße. Das Licht tat mir in den Augen weh, die Wolken waren weiß, so hell, dass ich die Welt fast nicht sehen konnte. Ich lief hinter Oma her, die Lider fast geschlossen, wie ein Mädchen, das schlafwandelt, alles war unwirklich, die Blätter vom Feigenbaum, die Palmwedel, die paar Sauerkleeblüten, die an den Ecken noch übrig waren, die Nummern an den Häusern. Wir gingen bergauf über den Paso del Burro, bis wir zu Ofelia kamen, einer alten rothaarigen Frau mit einem wunderschönen Garten, der war wie ein Dschungel, und die Oma immer einlud, nach der Telenovela ein Käffchen zu trinken. Ich wollte die Alte an dem Tag nicht sehen und tat, als würde ich einfach weiter bergauf gehen, zu den Landhäusern, aber Oma ging direkt an die Tür und sagte, hey, Kleine, das gibt's jetzt nicht, dass du alleine da hochläufst. Ofeeeeee!, rief sie aus dem Innenhof beim Eingang. Almeriiiiiin, bist du's? Komm rein, ich hab Kaffee auf dem Herd, antwortete Ofelia und Oma ging rein und sagte zu mir, bleib du hier draußen, setz dich zu den Katzen. Ich ging über den Weg aus glitzernden Kieselsteinen, den Ofelia in ihrem Garten angelegt hatte, und setzte mich auf einen steinernen Blumenkasten mit gelben Rosen, der in der Nähe des Eingangs stand. Ofelias Garten war bewuchert wie ein ganzer Berg. Es wuchsen wilde Tuberosen in den Ecken, Hibiskus und Hortensien, so groß wie mein Kopf, Geranien in allen Farben, weiße Callas, Colderrisco-Büsche, Stiefmütterchen, gelbe Rosen, die aussahen wie aus einer Dekozeitschrift von meiner Mutter. So saß ich eine Weile, schaute selbstvergessen in den Garten und erinnerte mich daran, wie Isora mir einmal gesagt hatte, dass der Mann von Ofelia sich von ihr getrennt hatte, weil sie es ihm nicht besorgen wollte, weil ihr das zu anstrengend war. Und ich dachte, dass Ofelia alle Kraft, die sie nicht hatte, um es ihrem Mann zu besorgen, in ihren wunderschönen Garten steckte, der wirkte wie ein Dschungel.

Plötzlich merkte ich, dass ich ein bisschen Kraft aus Ofelias Blumen schöpfte, und ich stand auf und ging los, ich ganz alleine, ging den Berg hoch über den Paso del Burro in Richtung Landhäuser. Auf dem Weg pflückte ich ein Blatt von einem Essigbaum und kaute darauf herum. Der Volkan war von Wolken bedeckt und ein tief hängender Nebel balancierte zwischen den Bettlaken, die auf den Terrassen der Häuser aufgehängt waren. Der Paso del Burro war nicht einmal asphaltiert, die Leute, die dort wohnten, hatten sich darum gekümmert, ihn befestigen zu lassen, aber bis vor Kurzem, sagte Oma, war es ein Trampelpfad gewesen. Ich lief zu den Landhäusern und kaute auf dem Blatt, ohne es richtig mitzubekommen, alles, was ich in dieser Woche tat, war, als würde es jemand anders in meinem Körper tun. Ich kam bis zum großen Tor zu den Landhäusern und kletterte auf einen Blumenkübel mit winzigen Kiefern, der an der Seite stand. Und setzte mich ganz oben auf die Mauer, wo meine Mutter immer reinkam, wenn sie die Schlüssel verloren hatte. Die Touris waren im Pool, sie badeten im Pool und sonnten sich ohne Sonne und aßen Würstchen, die kleinen, scharfen, an den Tischchen auf der Terrasse unter dem Schirm aus Palmwedeln. Ich nahm an, dass sie zu Abend aßen, weil meine Mutter immer sagte, die widerlichen Touris essen um sechs Uhr zu Abend. Oben von der Mauer konnte ich aus der Ferne nur alte Leute sehen, alte Leute mit Sonnenbrand, rot wie die Krabben. Ich blieb eine Weile dort sitzen und sah den Touris dabei zu, wie sie gegrillte Würstchen mit Ketchup aßen, winzige Tomaten klein schnitten für ihre Salate, wie perfekte kleine Puppen in einem Puppenhaus. Ein Mädchen, etwa in meinem Alter, rannte vorbei, sehr blond, sehr hell und groß, fast durchsichtig. Ich beobachtete sie eine Weile, wie eine Katze, die eine große Schmeißfliege dabei beobachtet, wie sie gegen das Küchenfenster fliegt. Sie hatte blaue Augen, schaufelgroße Zähne, groß und auseinanderstehend und ein bisschen gelb. Sie wirkte ausländisch, und von dort oben auf der Mauer sagte ich zu ihr, helou, ju laik tu pley? Und sie lachte, lachte mit ihren gammligen Zähnen, die aussahen wie von einer stinkenden Ratte. No laik?, fuhr ich fort. Und sie lächelte und sagte, ich spreche kein Englisch, ich komme aus Madrid. Und die Worte zischten zwischen ihren Zähnen durch wie ein Pfiff. Sie sprach wie die im Fernsehen, wie die Zeichentrickfiguren, so hochgestochen, so total hochgestochen. Komm, wir gehen auf den Berg, spielen, ich kenn da 'ne gute Stelle, antwortete ich. Sie dachte einen Moment lang mit einfältigem Gesicht nach, mit offenem Mund und im Rücken verschränkten Händen. Okay, ich komm sofort, und sie rannte, rannte, um einem alten Mann Bescheid zu sagen, von dem ich annahm, dass es ihr Opa war.

Ich wartete ungeduldig mit einem Hibbeltick in den Beinen draußen vor dem Eingang zu den Landhäusern. Und während ich wartete, dachte ich nicht an Isora. Oder doch. Ich dachte daran, dass ich auch nicht sterben würde, wenn sie nicht mehr meine Freundin war, dachte, dass es genug andere Mädchen im Meer gab. Und dann tauchte das Mädchen auf, in einem blau geblümten Kleidchen, das zu ihren Augen passte, einer gelben Mütze vom Loro Parque auf dem Kopf (und ich dachte, nur bescheuerte Leute setzten sich die Mützen vom Loro Parque auf den Kopf) und Laufschuhen, wie sie die Ausländer trugen. Das Mädchen folgte mir, ohne irgendwelche Fragen zu stellen. Sie sang Lieder, die ich nicht kannte, und machte immer ängstlichere Schritte, als würde der Boden unter ihr abstürzen in den Mittelpunkt der Insel. Und du, ist deine Schule weit weg von hier?, fragte sie mit ihrer Rattenstimme. Ich werd von der Guagua abgeholt, sagte ich. Hahaha, Guagua heißt Bus, oder? Heeee, Guagua heißt Guagua, sagte ich ein bisschen beleidigt. Haha, lachte sie und ließ ihre Zähne zwischen den Lippen auftauchen und nahm meine Hand.

Ich hatte nie eine Freundin gehabt, die mir die Hand gehalten hatte, deswegen störte mich ihre Hand in meiner. Wir gingen über den Ziegenhof, der dem bärtigen Mann gehörte, bei dem Oma Ziegenkäse kaufte, wir kamen an den Pferdeställen der Pferdeleute vorbei, am großen Hühnerstall, an den Brombeerhecken, die ein Touripaar gepflanzt hatte, die Oma die Saufköpfe nannte und die Brombeeren anpflanzten, und ich verstand nicht, wieso sie das machten, weil es ja Brombeerbüsche an den Straßenecken gab, und schon waren wir bei den Häusern ganz oben auf dem Paso del Burro, die ganz hoch auf dem Berg lagen. Und ohne zu überlegen, ohne zu fragen, schlüpften wir zwischen die Kiefern und liefen bis dorthin, wo ich mich auskannte, und noch weiter als das, was mir Isora gezeigt hatte, sie war es nämlich, die mir diesen Ort gezeigt hatte, und eigentlich hatte sie mir fast alle Orte gezeigt.

Wir setzten uns auf ein paar Felsen zwischen dem Farn, der den Boden überwucherte, ohne unsere mittlerweile schwitzenden Hände loszulassen. Der Berg war ganz dunkel und diesig und der Nebel hing auf Höhe unserer Körper. Wie wir so dasaßen, sahen wir aus wie Nachtfalter, die im Himmel lebten, im Himmel mit tief hängenden Wolken und Kiefernnadeln. Was spielst du gerne?, fragte sie mich plötzlich und drückte meine Hand. Ich zuckte mit den Schultern, äääähm, alles Mögliche, Puppen zum Beispiel. Sie hob einen Zapfen von einer Kiefer vom Boden auf und bewegte ihn, als wäre er eine Figur, und sagte, ihr von den Kanaren seid total cool, haha, und zeigte ihre Zähne. Ich lächelte ein bisschen gezwungen und dachte, dass das Mädchen leicht schwachsinnig war. Ich ließ ihre Hand los und fing an, in die Borke einer Kiefer zu kratzen. Weißt du, dass auf diesem Berg Hexen leben, die sich in schwarze Windhunde verwandeln können? Stimmt ja gar nicht, haha!, sagte sie. Doch, es stimmt, das wissen alle im Viertel, manchmal kacken sie in die Innenhöfe. Echt jetzt?, fragte sie erschrocken. Ja, und ich kann mit ihnen reden. Wie das? Sie hinterlassen mir Nachrichten auf der Rinde von den Kiefern. Echt jetzt? Ja, und wenn du nicht machst, was sie sagen, kommen sie nachts in dein Zimmer und holen dich. Und was machen sie dann mit dir? Sie nehmen dich mit auf den Berg. Wirklich?? Ja, schau mal, auf dieser Kiefer steht was geschrieben. Und was steht da? Beiß mir in die Mimi oder ich töte dich. Was heißt Mimi? Mimi heißt Mimi. Ich ließ die Hose runter. Ließ die Unterhose an. Der Schlüpfer war lila mit weißem Schleifchen und hatte eine Katze drauf, die miau sagte, miau auf Englisch. Mit ihren Mausezähnchen, mit den Zähnen einer unterdrückten Maus, biss mir das Halbinselmädchen in die Mimi. Sie biss schnell rein, als wollte sie es nicht so richtig. Und ich sah sie von oben. Und als ich sie sah, fiel mir wieder Isora ein und dass es in Wirklichkeit kein Mädchen gab wie sie. Und ich erinnerte mich an ihre Augen, wenn sie weinte, verwaschen, grün wie ein Frosch mitten in einem Wasserbecken. Und als das Mädchen aufstand von den Kiefernnadeln, war alles in Nebel getaucht, und da oben, in den Pinienkronen, oben über unseren Köpfen, sah ich die Spitze vom Volkan.

ALLEINE RUBBELN

Ich sah Isora überall. Sah sie an den Wänden hängen wie eine winzige aus Holz geschnitzte Jungfrau Maria, wie die Jungfrau von Candelaria sah ich sie, nackt, schwebend, wie die nackte Jungfrau, die nichts weiter ist als ein trockener Stock mit stacheligem Kopf. Ich sah sie als Halluzination vor dem Einschlafen, sie war ein Gespenst, das nachts um drei durch die Zimmer schlurfte und dabei traurige Lieder von Aventura heulte. Ich hatte Isora wie auf einem kleinen Fernsehschirm permanent vor Augen, wie eine Hochglanzfotografie. Ich stellte mir vor, wie sie sich an den Türkanten rubbelte. Ich sah *Texas Ranger*, und alle paar Minuten drehte ich mich um, ob sie nicht hinter mir stand und sich die Mimi an den Sofapolstern rieb. Ich hörte Geräusche, die mich erschreckten. Isora war eine Hündin, die sich in verschlossenen Zimmern verkroch, ich spürte sie als räudige Hündin in meinem Kopf, die feuchte Schnauzenspitze berührte meine Wirbelsäule und mir stellten sich die blonden Härchen, die seitlich am Rücken wachsen, auf. Und ich rubbelte mich, zum ersten Mal rubbelte ich alleine, ohne sie, aber ich stellte mir vor, dass sie bei mir war. Isora, wie sie sich mit einem Wachsmalstift von der Schule rubbelte und dabei *Die Frau im Spiegel* schaute. Isora, wie sie sich rubbelte, nachdem sie das eine Mal sauer geworden war, weil *Die Leidenschaft von Gavilanes* nicht kam, weil die Sache mit den Twin Towers passiert war und die ganze Zeit nur Nachrichten dazu ausgestrahlt wurden. Isora, wie sie sagte, Shit, mach es mit diesem Kugelschreiber, das ist der dickste und längste. Isora, wie sie sich eine Wäscheklammer in die Mimi reinsteckte. Isora. Isora war nicht mehr meine Freundin. Ich, wie ich mich ohne Isora rubbelte. Ich, wie ich rubbelte und dabei heulte. Ich, wie ich rubbelte, bis es blutete. Gestank nach Geschlechtsteilen und Eisen. Nach verrostetem Geschlecht. Ich rubbelte mich alleine, bis zum Ende des Tages, bis das ganze Haus wackelte, bis die Steinplatten in die Schluchten gefallen waren und die Kiefern und die Tabaibas verkehrt herum standen, bis die Tabaibas Milch gaben und die Mispeln und die Eselinnen. Ich rubbelte mich, bis ich glaubte, der Volkan würde jetzt aufwachen. Und dann ertönte eine Sirene von der Stadtverwaltung, und die Ausstrahlung von *Der Typ aus der 8* wurde unterbrochen, um den Bürgermeister zu zeigen, der den Einwohnern sagte, Ruhe bewahren, Ruhe, während unter ihm in sehr kleinen weißen Buchstaben folgende Nachricht lief: NEHMEN SIE IHRE HABSELIGKEITEN UND STÜRZEN SIE SICH INS MEER, RETTE SICH, WER KANN, LIEBE LEUTE. Und dann packten Oma und Onkel Ovi und Papa und Mama all ihre Sachen in Schubkarren und schoben sie auf einen riesigen Lastwagen und ich steckte die Katzen von Oma in Kartoffelsäcke und brachte sie auch zum Lastwagen und den Kanarienvogel von Onkel Ovi hatte ich in der Hosentasche und wir gingen runter bis zu Chelas Laden und vor lauter Angst vor dem Unglück, vor lauter Angst, der Volkan würde uns alle, alle umbringen, war Isora wieder meine Freundin und wir sagten zu ihnen, KOMMT MIT IN DEN LASTER, WIR NEHMEN EUCH MIT NACH LA GOMERA, HIER ENTKOMMT NIEMAND DEM VOLKAN. Und Chela und Chuchi und Isora stiegen ein. Isora hatte ein Kleid ihrer Mutter an, was sie total mochte, von damals, als sie Taufpatin gewesen war. Und sie nahmen alles Essen aus dem Laden auf der Ladefläche mit. Alle Schachteln mit Lakritze und Chipstüten mit Pokémon-Tazos darin und die Gummitiere und die Camel-Balls-Kaugummis und das Dosenfleisch, mit dem wir Dosenfleisch-Eintopf mit Nudeln machen konnten, wenn wir nach La Gomera kamen. Und eine wunderschöne rote Etikettierpistole, falls wir ein paar Kröten verdienen und die Sachen aus dem Laden am Strand verkaufen mussten. Und wir sahen von Weitem, wie schon auf Höhe der Kirche die Lava die obersten Häuser verschluckt hatte, über unser Haus war sie schon drübergeflossen und das Haus war nur noch ein Trümmerhaufen, nur Trümmer und verschmierte Katzenkacke. Ich sah, wie mein Bett auf dem Lavastrom trieb wie ein gekentertes Boot im Ozean. Und der Laster wurde auch angehoben und trieb im Meer aus Trümmern und Bananenblättern, die beim Volkanausbruch durch die Luft geflogen waren. Wir sahen, wie die Lava die Siedlung verschlang und die Insel, und da gab mir Isora die Hand und auf einmal waren wir Freundinnen, und zwar solche, die einander lieb hatten und sagten, ich hab dich lieb. Und meine Mutter musste nie wieder in die Hotels gehen und auch nicht in die Landhäuser und mein Vater musste nicht mehr auf den Bau. Isora und ich drehten uns um und schauten hoch, über die Säcke mit den Katzen und die Munchitos-Packungen und die Kilos und Kilos Dosenfleisch, und sahen, dass die ganze Erde zu Feuer geworden war. Die Lava aus dem Volkan bedeckte alles. Die Insel sank auf den Grund des Meeres, das eine Luftblase ausspuckte, nachdem es die Insel verschlungen hatte, und danach war es still, ganz still, als hätte es an dieser Stelle nie irgendwas gegeben, keine Insel, kein Viertel, kein Mädchen im Viertel, das sich alleine rubbelte, bis Blut kam, bis es nach Geschlecht und rostigen Nägeln stank.

EINE ZERSCHUNDENE EIDECHSE

Frühmorgens, bei Tagesanbruch, ging ich Isora abholen. Ich ging ganz langsam die Straße runter, langsam, als würde ich mit ausgeschaltetem Licht laufen. Ich ging bergab und dachte an sie, daran, was ich ihr vielleicht sagen wollte, wenn ich ihr Gesicht sehen würde. Ich dachte daran, dass ich es keine weitere Woche aushalten konnte, nicht ihre Freundin zu sein, dass es mir egal war, wie jämmerlich ich dastehen würde, wie eine zerschundene Eidechse. Ich dachte daran, dass ich eine zerschundene Eidechse war. Es war mir egal, dass ich eine zerschundene Eidechse war. Ich suchte sie mit den Augen, dort unten, an der unteren Straßenecke, wo Meer und Wolkenhimmel verschmolzen. Ich stellte sie mir vor, mit gebeugtem Rücken wie ein Windhund, wie sie Sinsons Futter, ohne zu kauen, hinunterschlang, da unten an einer Straßenecke. Die

Augen hervorstehend, den Gestank nach Müll an den Zähnen und die erdigen Tränen, die ihr das schmutzige Gesicht bemalten. Verzeih mir, Shit, verzeih mir, sagte sie in meiner Fantasie.

Als ich zum Laden kam, war er noch geschlossen. Sinson kratzte sich die Schwanzspitze mit seinen vier Dreckszähnen, die ihm aus dem Maul hingen. Die Hintertür war offen, wie immer. Ich witschte durch den Flur und fand sie dort, im Badezimmer, vor dem Spiegel, wie sie sich einen Dutt machte, genau wie jeden Tag. Isora legte sich die Haare ganz eng mit Wasser an die Kopfhaut an. Sie machte den Kamm nass und zog sich den Skalp glatt. Sie machte sich einen superfesten Dutt und ein paar Locken blieben draußen. Ihr Haar wuchs zu nah an den Augen. Sie wirkte wie ein Mädchen aus der Zeit der Guanchen. So braun gebrannt, die Augen wie grün leuchtende Lampen, die Kopfhaut gespannt, das Grübchen im Kinn immer tiefer. Das Grübchen im Kinn beinahe eine Spechthöhle, perfekt gerundet, als wäre es mit einem Schnabel reingepickt worden.

Isora sah mich im Spiegel kommen. Sie sagte, Shit, lass uns nach Redondo laufen, dahin, wo die Siedlung aufhört, ich hab keine Lust auf immer dasselbe. Sie sagte es, ohne den Kopf zu wenden, sagte es zu meinem Spiegelbild in der trüben, dreckigen Scheibe voller Feuchtigkeitsflecken in den Ecken. Sie sagte es so, als hätte sie mir nie den Mund mit einem Haken kaputtgehauen. Und ich antwortete, okay, Iso, okay, so als hätte sie mir nie den Mund kaputtgehauen. Sie fing an, sich die Zähne zu putzen. Sie trug kein Oberteil. Sie hatte einen weißen stretchigen BH an, den Chela ihr im 99-Cent-Laden gekauft hatte, als sie neun wurde und an ihrem Geburtstag ihre Tage bekam. Sie spuckte blutig aus, weil sie sich immer sehr heftig die Zähne putzte. Sie spülte nur einmal aus und ließ die Zahnpastaflecken um den Mund und an der Brust, wie sie waren. Sie drehte den Hahn auf und das Wasser spülte das rosafarbene Gemisch bis unter die Erde. In meinem Kopf sah ich Isoras Blut, wie es durch die Kanalisation im Inneren der Insel reiste. Sie wischte mit dem Arm über ihren Mund und leckte den minzig-beißenden Schnurrbart von ihrer Oberlippe. Sie setzte sich aufs Klo und schaute mich an wie ein Hund, der gerade in einen Garten scheißt. Sie hatte eine Binde mit einem kohlrabenschwarzen Fleck in der Unterhose, eine von denen, die nach Müllbeutel riechen. Das war kein Blut, sondern geschmolzener Teer. Ich schaute sie an und einen Augenblick schämte ich mich. Sie wischte sich ab und stand auf. Ich sah ihre frisch rasierte Mimi, voller Schrammen, die Haut gerötet und gereizt. Ich wollte sie umarmen, spüren, wie ihre Eingeweide die Milch mit Gofio im Inneren ihres Körpers umrührten wie ein Betonmischer auf Volldampf. Ich tat nichts, wie immer.

Ich wartete, bis sie sich fertig angezogen hatte, und wir gingen.

Wir nahmen den Weg am Kanal. Ich ging hinter Isora. Isora kam voran, indem sie das Gebüsch mit den Händen auseinanderschob, das Heidekraut schlug mir bei jedem Schritt entgegen. Ich lief, den Blick auf ihren Dutt gerichtet. Es war mir egal, dass ich die vielen Stellen nicht alleine würde wiederfinden können. Isora war meine Fremdenführerin in El Drago und ich eine blöde Touristin. Wie als ich nicht wusste, wie spät es war, und Isora auf ihre Winnie-the-Pooh-Uhr schaute und zu mir sagte, Viertel nach zwölf, und ich darauf vertraute, dass es stimmte, dass es wirklich Viertel nach zwölf war, und so kümmerte ich mich nie darum, die Sachen zu lernen, die sie so gut konnte, wie die Zeit auf der Uhr in der Küche ablesen, mit den Fingern zusammenzählen und abziehen, Geld zählen, Äpfel schälen, ausrechnen, wie viele Süßigkeiten sie sich mit einem Euro kaufen konnte, sich dafür oder dagegen entscheiden, die Unterhose rechtzeitig hochzuziehen, wenn ein Junge sich seine in einer Höhle runterzog, über den Kanalweg bis ans Ende der Siedlung laufen.

Wir kamen bei den zerbrochenen Betonplatten vorbei, wo wir uns die Füße wuschen. Isora blieb stehen, zog sich die Hose runter und pinkelte in den Kanal. Pipi mit Blut für die Leute unten, sagte sie und schüttelte sich die Tropfen über dem fließenden Wasser ab. Wir liefen weiter und kamen dort an, wo die Betonplatten über dem Kanal aufhörten. Es ging auf bloßer Erde weiter. An den Seiten des Wegs standen weiße, unebene Mauern, und wir ließen die Finger über die Kügelchen gleiten, die sich beim Anstrich gebildet hatten. Weiter vorne, fast am Ende des Wegs, war ein großes Tor, auf dem stand VORSICHT GEFÄR-LICHER HUNT und daneben ACHTUNG GIFFT. Und zwei riesige Monstren fingen hinter dem Tor an zu kläffen. Halt's Maul, du Drecksköter, schrie Isora und warf Steine oben ans Tor, du Scheißköter, du Drecks-töle, du blöder Hund! Wir drängten uns auf die andere Seite des Wegs und gingen hastig vorbei, wie wenn wir einen Horrorfilm guckten und abends dann aufs Klo mussten. Isora hielt mich am Arm und sagte, Vor-sicht, Shit, da hinten wohnt die Hexe Gloria, die hat viele Jahre auf Kuba gelebt und da das Hexen gelernt, und sie deutete auf ein kleines Haus mit einer kaput-ten Fensterscheibe. Aber woher weißt du, dass da eine Hexe wohnt?, fragte ich. Meine Großmutter hat mir erzählt, dass sie mal meine Mutter hergebracht hat, damit die Hexe für sie betet, weil sie so einen Schre-cken hatte, den sie nie losgeworden ist. Und die ist böse?, fragte ich. Nein, die ist nicht böse, sie hilft den Leuten, ihre Probleme in den Griff zu kriegen, ant-wortete sie. Und warum hat sie dann deine Mutter nicht geheilt?, fragte ich. Die Härchen auf meinen Ar-men stellten sich allesamt auf. Isora sagte nichts. Wir gingen weiter, ich sehr eng neben ihr, und sie hielt mich fest am Arm, so fest, dass es brannte.

Wir kamen an eine große Freifläche aus Erde. Riesig. Mit Motorradreifen- und Schleuderspuren darauf. Direkt daneben, an einer Ecke neben einem Kirschbaum, stand ein schmutziges altes Schild, darauf stand: REDONDO. Dieses ganze Land hat meinem Urgroßvater José Casiano gehört, sagte sie zu mir und deutete auf die Freifläche. Alles?, fragte ich. Ja, alles, Shit. Und jetzt gibt es da Motorrad- und Minibike-Rennen. Die Bitch sagt, dass sie ihn nicht kannte und dass er ein dicker, reicher Mann war, der immer Zigarren aus Venezuela geraucht hat. Echt jetzt? Ja, die Bitch kannte ihn nicht, weil er angeblich hundertelf Kinder mit mehr als vierzig Frauen hatte. Er hat jede Nacht mit einer anderen Frau geschlafen. Ach komm, echt jetzt?, fragte ich etwas misstrauisch, weil ich es manchmal nicht merkte, wenn sich Isora Dinge ausdachte, hundertelf Kinder waren eine ganze Menge. Aber ich nehme an, er hatte wahrscheinlich viel Lust zu vögeln, weil wenn nicht, kriegt man ja nicht so viele Kinder. Bestimmt war sein Schwanz völlig zerstört, oder? Bestimmt, so muss es gewesen sein, antwortete ich. Ich hatte noch immer nicht so richtig verstanden, wie das mit dem Kinderkriegen funktionierte. Ganz langsam und vorsichtig gingen wir zu dem Schild, wo REDONDO draufstand. Wir zupften ein paar Essigbaumblätter und fingen an, sie zu essen. Isora blieb unvermittelt stehen. Shit, sagte sie und schaute mir direkt in die Augen. Was?, fragte ich. Ich hab Angst, weiterzugehen. Warum?, fragte ich ein bisschen erschrocken. Ich habe ein bisschen Angst davor, aus dem Ort rauszugehen, sagte sie mit einem winzigen Zittern in den Händen. Wir setzten uns auf einen Felsen, der auf dem Boden lag. Ich war still. Schaute in den Himmel und die Wolken bewegten sich. Sie waren sehr dunkel, sehr nah über unseren Köpfen. Ich dachte, jetzt gleich würde es regnen. Ich hab auch ein Fitzelchen Angst, sagte ich dann. Ich sagte es, aber in Wirklichkeit hatte ich gar keine Angst weiterzugehen. Nicht ein Fitzelchen.

Wir gingen zurück, als der Regen schon angefangen hatte, alles zu durchnässen. Wir gingen an den bellenden Monsterhunden vorbei und sahen die alte Gloria, wie sie vor ihrem Haus die Wäsche abhängte. Von Weitem hob Isora die Hand, zeigte ihr den Finger und schrie, fack ju, du Grinch-Bitch! Und sie rannte schnell weg und hielt mich am Arm. Wir rannten und rannten, bis wir fast den Kanal erreicht hatten. Ein alter Mann, der einen Sack Kaninchenfutter trug, kam vorbei. Tschüüüüüs, Damián, rief ihm Isora, ohne anzuhalten, zu. Meine Güte, Mädchen, ich hab dich ja ewig nicht gesehen, bei dem Nebel siehst du ja genauso aus wie deine Mutter, antwortete er unter seinem Sack. Isora atmete sehr schnell, es war, als würde ihr das Herz aus der Brust springen. Wir kamen an den offenen Betonplatten vorbei. Im Wasser trieben kiloweise Kiefernzapfen. Wir überquerten schnell den Kanal. Der Boden war glitschig. Am Ende rutschte ich aus und fiel hin. Mein ganzer Rücken war nass und ich schürfte mir die Hände und Ellenbogen auf. Nichts passiert, Shit, sagte Isora mit bleiernem Gesicht. Sie half mir auf und wir rannten weiter. Es regnete, als wäre es das Ende der Welt. Dort unten auf dem schwarzen, riesigen Meer durchbrachen Blitze die Wolken. Wir kamen an die Stelle hinter dem Kulturzentrum und Isora stellte sich unter ein Vordach. Sie sagte, Shit, komm hierher, bis es ein bisschen weniger regnet. Wir setzten uns beide auf den Boden. Wir bestanden fast komplett aus Wasser, Isora und ich, so nass waren wir. Shit, wollen wir uns küssen wie ein Pärchen?, sagte sie plötzlich. Okay, antwortete ich und zuckte die Achseln. Sie schloss die Augen und drückte ihre Lippen auf meine. Ich ließ die Augen offen. Ihr Gesicht war so nah, dass ich nichts sehen konnte. Mir tat die Kinnhakenstelle noch von innen weh, meine Lippen waren noch immer geschwollen. Ich machte den Mund weit auf und schob meine Zunge heraus. Ich spürte ihre Wimpern auf meinem Gesicht. Sie waren superlang und pikten wie Nadeln. Isoras Zunge war kalt wie Eis. Eine Zunge wie Schnee auf einem schlafenden Volkan.

BUNTE PAPIER-GIRLANDEN ÜBER DEM PLATZ

Am Tag, nachdem ich mich mit Isora versöhnt hatte, war schon September. Ich merkte es daran, dass mich ein Böllerschlag weckte. BUMM, krachte es durch den ganzen Himmel wie eine Bombe. Die Hunde und Hühner und Kaninchen schrien vor Schreck aus den Gärten. Man hörte von Weitem die Musik von Pepe Benavente und die Stimme des Vorsitzenden vom Komitee durch das Megafon, wie er sagte, wie schön sich doch das Viertel entwickelte. Ich aß einen Löffel Milchpulver mit Zucker, und mit hüpfendem Herzen wählte ich die einzige Nummer, die ich auswendig konnte. Es antwortete Chuchi mit einem fadendünnen Fitzelstimmchen. Meine Kleine, sie ist nicht da. Sie ist an den Strand nach Teno mit ihrem Cousin aus Santa Cruz, spätestens abends um acht ist sie wieder da.

Es war noch nicht mal elf Uhr vormittags, aber ich ging raus auf die Straße, um zu warten. Da war das Komitee in seiner ganzen Pracht. Alle, alle mit den Dorada-Bier-Mützen und den Bäuchen wie Fässern. Der Vorsitzende stand schon oben an einer Straßenlaterne und befestigte die bunten Papiergirlanden. Es hingen schon Girlanden von der untersten Ecke des Viertels bis zur Kreuzung. Tiiiiiiito, Alter, siehst du nicht, dass es schief ist!, rief einer der Männer, die Böller trugen, dem Vorsitzenden zu. Halt's Maul, Blödmann, ich mach es ja schon grade, siehst du das oder bist du behindert? Antreiben kannste, oder? Und der Mann mit den Böllern feuerte noch einen in die Luft. Und die Hunde fingen wieder an, wie verrückt zu bellen. Sogar die Pferde von den Pferdeleuten fingen an zu wiehern wie die Teufel. Ich setzte mich hin und wartete. Obwohl noch nicht mal Mittag war, setzte ich mich auf eine winzige Bank, die vor dem Haus von Gracián stand, dem Mann mit den Augenbrauen wie Pelztiere. Ich griff eine Handvoll Kies vom Asphalt und ließ die Steinchen eins nach dem anderen fallen, als wäre jedes Steinchen eine Stunde, die vergehen würde, bis ich Isora dort unten, am Ende der Straße, sehen würde. Der Vorsitzende stieg die riesige Leiter herunter, zog sich die Hosen hoch, die ihm zu weit waren und die er mit einem Schnürsenkel um die Hüften zusammengebunden hatte, und sagte, gut, das wär dann so weit, und wem es nicht gefällt, der kann sich Zucker drüberstreuen. Er hatte nicht vor, oberhalb von meiner Straße Girlanden aufzuhängen, und das, obwohl Oma schon die spanische Flagge und die der Jungfrau von Rosario auf den Balkon gehängt hatte, die war blau mit silbernem Glitzer. Ich erhob ein bisschen die Stimme, ich, die immer total Angst hatte und mich schämte, mit den Großen zu reden, und sagte zu Tito, hängt ihr oben im Viertel keine Girlanden mehr auf? Nein, Mädchen, dieses Jahr nur bis zur Kreuzung, dieser verfluchte Tony Tun Tun, der bekommt mehr Kröten als eine ganze Regierung, deshalb reicht das Geld nicht für mehr, wer von hier nach oben Girlanden will, kann sie ja selber aufhängen. Und der Vorsitzende nahm die Leiter und klappte sie zu. Es erklang noch ein Lied von Pepe Benavente, das in Wirklichkeit nicht von Pepe Benavente war, sondern von einem anderen Sänger, vermischt mit Hundegebell. Im Lied hieß es, hör zu, Betrügerin, auch wenn ich hier und jetzt sterbe, bete ich für deine Seele, hör zu, Betrügerin, auch wenn ich hier und jetzt sterbe, bete ich für deine Seeleeeee. Ich nahm noch eine Handvoll Kies und steckte sie mir in die Hosentasche. Die Steinchen, die ich noch in der Hand hatte, ließ ich nach und nach fallen.

Nachdem wir Hühnerflügel mit Omas wässriger Soße und Salzkartoffeln gegessen hatten, kam Onkel Ovi aus dem Ort. Auf dem Weg zum Arzt hatte er mir einen Planer gekauft, für wenn die Schule wieder losging, es war ja schon fast so weit, in null Komma nichts ging es wieder los, und ich hatte noch nicht mal die Hälfte der Ferienaufgaben erledigt, aber das war mir egal. Ich stellte mir den Planer mit Isoras Schrift vollgekritzelt vor, voll mit Isoras Herzchen mit Pfeilen und blauen Augen, die immer schrecklich wurden und aussahen wie ein offener Arsch mit Gesicht oder wie wir, wenn wir lachten. Während Oma und ich die Telenovela guckten, pikten mich die Steinchen aus der Tasche in den Oberschenkel. Ich streckte das Knie und drückte sie rein, damit sie noch tiefer in die Haut pikten, damit sie mir wehtaten, genau wie mir die Stunden wehtaten, die noch vergehen mussten, bis ich Isora wiedersah.

Ich war den ganzen Nachmittag mit den Pokémons zugange, ging mit BLÖDSCHWANZ in die Büsche und rannte sinnlos durch die Arenen, während ich mir vornahm, am nächsten Tag superfrüh aufzustehen, um Isora zu besuchen. Um neun Uhr abends lagen Oma und ich schon im Bett. Eine Feder, die aus der Matratze rausragte, tat mir so sehr am Rücken weh wie dass mich Isora nicht angerufen hatte, um zum Strand zu fahren, und auch danach nicht, um mir zu erzählen, wie es gewesen war, und ich wälzte mich hin und her auf der Feder, bis es brannte und mir die Knochen wehtaten, als würden sie gleich zerbrechen. Zwischen meinen Träumen hörte ich meinen Vater und meine Mutter, die von der Arbeit im

Süden zurückkamen. Normalerweise aßen sie ein bisschen Papaya oder ein Sandwich mit Schinken und Käse, aber an dem Tag gingen sie direkt ins Bett, ohne zu reden.

Es wurde gerade erst hell, als ich aus Omas Bett aufstand. Meine Mutter hatte zwei Euro für Kaugummis auf den Nachttisch gelegt. Ich nahm die Münze und ein Fitzelchen Bananenbrot und rannte auf die Straße. Der Laden war geschlossen. Draußen standen zwei alte Frauen, die ganz leise redeten und mit erschrockenem Gesicht in die Gegend guckten. Hinten schnarchte Sinson, dass man gottesfürchtig werden konnte, wie Oma immer sagte, er lag auf dem Fransenteppich vor der Tür. Ich klopfte mit der Faust ein-, zwei-, drei-, fünf-, zehnmal, aber niemand machte mir auf. Ich setzte mich auf die Stufen vor dem Eingang. Ayoze und Mencey gingen mit einem Ball vorbei die Straße hoch, und ich schaute mit voller Konzentration auf das Zweieurostück, damit sie mich nicht ansprachen. Ich beugte das Knie, ein-, zwei-, sechsmal, damit sich die Steinchen, die ich noch immer in der Tasche hatte, in meine Haut bohrten. Ayoze fing an, leise mit Mencey zu reden und ihn mit dem Ellenbogen zu knuffen, während sich die beiden im Weggehen immer wieder zu mir umdrehten.

Sinson kam raus und legte sich auf meine Knie. Es verging noch eine Stunde. Zwei. Drei. Ich beugte das Knie. Die Steinchen in der Tasche waren wie Nägel.

Ein Auto fuhr vorbei und Sinson rannte hinterher, bellte es an und kam sofort zurück, um es sich wieder auf mir bequem zu machen. Aus der Ferne hörte ich müde, schlurfende Schritte. Es war Eufracia, die mit einem neongelb leuchtenden Rosenkranz aus der Kirche kam. Ach, meine Kleine, was für ein Unglück, geh zu deiner Oma, die kommen nicht vor dem späten Abend zurück, ach, was für ein Unglück, meine Kleine, so ein gutes Mädchen und so jung, und Sinson sprang an ihren Beinen hoch, und ihr wart ja wie Schwestern, und du bist ja ganz alleine, hast niemanden, keine Geschwister, nichts, was für ein Unglück, mein Gott, Heilige Jungfrau, und Sinson pinkelte vor ihr hin, mein Gott, was für ein Unglück, sagte sie mit erstickter Stimme, sag um Himmels willen deiner Mutter, sie soll dir ein Brüderchen besorgen, ach, Mädchen, wie ist das nur möglich, ich sage meinen immer, das Meer ist der Teufel, und sie springen rein, als wär nichts, und klettern auf die Felsen und springen runter, ach, meine Kleine, was für ein Unglück!, und die Alte nahm meine Hand und legte den Rosenkranz hinein, nimm das, meine Kleine, bete zum Gottvater, er hilft immer, aus, Sinson, Dreckstöle, sagte sie, während sie weiter bergauf ging.

Ich blieb auf den Stufen vor dem Laden sitzen. Schloss die Hand und durch eine winzige Ritze sah man den Rosenkranz im Dunkeln leuchten. Meine Hand fing sehr an zu zittern und ich wusste nicht genau, warum. Ich ging hoch zu Oma und hatte einen Schmerz in der Brust, als hätte mir jemand eine Machete einmal komplett durch den Leib gestoßen. Ich kam bis auf die Höhe, wo Omas Cousin lebte, und niemand zupfte Unkraut, niemand streute Schwefel, niemand grub Kartoffeln aus. Ein Zicklein schrie in der Ferne. Die Wolken sanken sehr schnell den Hang von El Amparo abwärts. Der Geruch nach Katzenkacke zog aus den Ecken der Gärten zu mir herüber. Ich blieb mitten auf dem Weg stehen. Mein Herz schlug sehr schnell, so schnell, dass ich meinte, es würde von innen zerplatzen. Ich drehte mich um und schaute zum Meer und zum Himmel, die aussahen wie ein und dasselbe. Statt weiter bergauf zu gehen, ging ich jetzt abwärts ins Dorf. Ich kam wieder bei Omas Cousin vorbei, bei den Schwulen, bei Melva, bei Conchi, und ich kam zum Laden. Sinson stand von den Stufen am Eingang auf und kam hinter mir hergerannt. Ich ging weiter bergab und kam am Kulturzentrum vorbei, das auch geschlossen war. Gaspa pinkelte gerade an die Ecken bei der Bar und schloss sich Sinson an. In der Bar war auch niemand. Wir gingen an der Kirche vorbei. Die bunten Papiergirlanden hingen über dem Platz. Schöner denn je glänzten und zitterten die Schnipselchen in der Luft wie kleine ängstliche Leute. Blau, gelb, weiß, blau, gelb, weiß. Wir kamen zu Doña Carmens Haus und ihr kleiner Kläffer kam raus auf die Straße. Er bellte uns an. Ich ging weiter bergab. Ich hörte die Hunde, tickticktick, hinter mir herlaufen wie eine Prozession. Sie folgten mir wie das eine Mal, als sie den Kuchen von Isora wollten. Aber ich hatte nichts in den Händen. Der Rosenkranz, den mir Eufracia geschenkt hatte, war ich weiß nicht wo, wahrscheinlich hatte ich ihn fallen lassen und es nicht mal gemerkt. Zuerst eins, dann noch eins blieben die letzten Häuser der Siedlung hinter mir zurück. So weit war ich noch nie gekommen. In der Ferne, ganz unten, leuchtete die Septembersonne. Die ersten Strahlen durchbrachen die Wolken wie eine Klinge, die von oben herunterfiel. Wir kamen an einem Haus mit alten Hühnerställen und voller Rittersterne vorbei, die in Orange, die aussahen, als wären sie erfunden. Es gab keine grauen Wolken, keinen Nebel oder Regen, nur die Sonne brannte auf meine Stirn. Ich schaute hinter mich. Man sah die Siedlung unter einer schwarzen und kompakten Nebeldecke. Der Gipfel des Volkans ragte über den Glockenturm. Wir gingen weiter. Zwei, drei Stunden vergingen. Alles leuchtete und war warm und man sah den Strand, ganz nah.

Die Hunde bellten.

Die Sonne spaltete die Steine.